古典文教研究輯刊

二三編

曾 永 義 主編

第 26 冊

石麟文集（第八卷）：
稗史迷蹤（選本）（下）

石 麟 著

國家圖書館出版品預行編目資料

石麟文集（第八卷）：稗史迷蹤（選本）（下）／石麟 著 -- 初
版 -- 新北市：花木蘭文化事業有限公司，2021〔民110〕
目 4+160 面；19×26 公分
（古典文學研究輯刊 二三編；第 26 冊）
ISBN 978-986-518-365-3（精裝）
1. 中國小說 2. 中國文學史 3. 文學評論
820.8   110000438

ISBN-978-986-518-365-3

9 789865 183653

古典文學研究輯刊
二三編　第二六冊   ISBN：978-986-518-365-3

石麟文集（第八卷）：稗史迷蹤（選本）（下）

作　　者　石麟
主　　編　曾永義
總 編 輯　杜潔祥
副總編輯　楊嘉樂
編　　輯　許郁翎、張雅淋　美術編輯　陳逸婷
出　　版　花木蘭文化事業有限公司
發 行 人　高小娟
聯絡地址　235 新北市中和區中安街七二號十三樓
　　　　　電話：02-2923-1455／傳真：02-2923-1452
網　　址　http://www.huamulan.tw 信箱 service@huamulans.com
印　　刷　普羅文化出版廣告事業
初　　版　2021 年 3 月
全書字數　200578 字
定　　價　二三編 31 冊（精裝）台幣 82,000 元　　版權所有・請勿翻印

石麟文集（第八卷）：
稗史迷蹤（選本）（下）

石麟　著

目次

「化魚」：美麗的淫穢與美麗的恐怖

　　在中國古代通俗文學中，韓憑夫婦化作鴛鴦、梁祝情侶化作蝴蝶的美麗動人的故事素為大家所熟知。然而，有一個以美麗寫淫穢的「化魚」片斷，卻為很多人所不知道：

> 　　兩個熱鬧多時，文妃口中胡言亂語。陸珠也不問他，狠命抽了一會，也覺快活難熬，陽精大泄，流到池中。許多金色鯽魚亂搶，吃了都化為紅白花魚，如今六尾花魚，即此種也。（《浪史奇觀》第三十一回）

淫蕩男子的精液流到池中，金色鯽魚吃了居然化為美麗的六尾花魚。這種構思真可謂出人意料，這種想像也是奇特到了極點。由此亦可見得，哪怕是極其淫穢的東西，中間保不定也蘊含著極品的「美」。

　　其實，世界上不僅有美麗的淫穢，甚至還有美麗的恐怖。那樣的場景也發生在通俗小說之中，而且也是「化魚」，且看：

> 　　高山之上，有大隊人馬，縛著一個美人，用利刀剁取他身上一塊塊雪白粉嫩的肉，將來丟下水去。……風平日出，萬籟俱寂，只有水中留下孟姜女身上的肉，卻還浮在水面，並沒被風吹去，鐵拐先生和通慧仙姑暗暗稱奇。鐵拐先生因說：「先把這些碎肉化成個東西，使他們永留於天地間吧。」載指畫符。口中通誠，喝聲疾，許多碎肉立刻浮在一處，宛如合體，鐵拐先生又用寶劍向這聚合的肉繞了幾十個圓圈兒，每繞一個圈，即放散開一圈的肉，化成無數潔白細長玉雪玲瓏的小魚，向四跡游了開去。劃至最後，把這一大塊肉都分散了，只見滿河中盡是這等小魚，浮游接喋，十分美觀。（《八

　　　　仙得道》第四十七回）

這一次，可不是淫穢之徒的精液化成六尾花魚，而是堅貞潔白的孟姜女的碎肉化成的玉雪小魚。不過，那潔白的人肉入水的方式卻是異常恐怖的，它們是被惡人一刀一刀割下來丟到水裏去的。孰料，經過仙人精心操作，這些悲壯的碎肉終於化成了「無數潔白細長玉雪玲瓏的小魚」，真是美極了，一種恐怖而又輕鬆、靜穆而又活潑、悲壯而又優柔的美！

　　讀了這兩個片斷，我們不得不佩服中國古代小說作者的創意，他們於不經意間創造了一種奇特的美——將淫穢或者恐怖轉化而成的美。

　　但是，在佩服的同時，一種擔心也油然而生。雖然以上兩部小說中的兩個作者煞費苦心創作的畫面具有一定程度的「美」，但它們的另一面卻分明是「淫穢」或「恐怖」，而且後者還過於怪誕，其間充滿了宗教意味。這就好比中國古代的春宮畫和殉道畫一樣，春宮也美，但仍然是淫穢的「美」；殉道也美，但終究有些恐怖。因此，這些作品本身就是一把雙刃劍，它在給你美的享受的同時，也讓你經受了「惡」的刺激。尤其是對審美心態不健全的人而言，讓他們看到這種畫面絕不是一件好事。

　　然而，我們的許多媒體，尤其是那種受眾最為廣泛的媒體，卻正在有意無意地滋長這兩種東西——在「美」的包裝下的淫穢和恐怖。

　　這將造成多大面積的精神污染，是完全可以預見的。

裝神弄鬼的判案

在中國古代的公案小說中，清官最終破案的方式多種多樣。最常見的有如下幾種：神明點醒、睡夢提示而破案，堂上威逼、嚴刑拷打而破案，喬裝改扮、調查私訪而破案，俠客協助、武力擒獲而破案。以上四種破案方式，雖然都有各自的精彩之處，但就其「趣味性」而言，都不及一種特殊的破案方式——裝神弄鬼的判案更為俏皮。

所謂裝神弄鬼的判案，一般來說，具有以下前提條件和實施過程：清官通過調查研究或反覆推想，對案情已經了然於胸。但是，苦於找不到直接證據或者犯罪嫌疑人軟磨硬抗不承認罪行。在這種情況下，清官必須在眾目睽睽之下採取裝神弄鬼的特殊手段達到破案的目的並公布斷案的結果。這樣，就利用了犯罪嫌疑人和旁觀者的迷信心理，使大家對判案結果心服口服。

《喻世明言・滕大尹鬼斷家私》中的縣令滕某所判的一樁遺產糾紛案就是典型例證。一位曾經當過太守的倪某，死後留下巨額遺產，其後裔為了爭奪遺產打起官司。滕大尹反覆研究倪太守留下的一張「行樂圖」，終於猜破倪太守的遺願以及金銀埋藏的位置，於是以裝神弄鬼的方式公布了關於遺產的秘密，但同時也為自己撈到了絕大的一筆「好處費」。且看滕大尹的精彩表演：「滕大尹不慌不忙，踱下轎來。將欲進門，忽然對著空中，連連打恭，口裏應對，恰像有主人相迎的一般。眾人都吃驚，看他做甚模樣。只見滕大尹一路揖讓，直到堂中，連作數揖，口中敘許多寒溫的言語。先向朝南的虎皮交椅上打個恭，恰像有人看坐的一般，連忙轉身，就拖一把交椅，朝北主位排下，又向空再三謙讓，方才上坐。眾人看他見神見鬼的模樣，不敢上前，都兩旁

站立呆看。只見滕大尹在上坐拱揖，開談道：『令夫人將家產事告到晚生手裏，此事端的如何？』說罷，便作傾聽之狀。良久，乃搖首吐舌道：『長公子太不良了。』靜聽一會，又自說道：『教次公子何以存活？』停一會，又說道：『右偏小屋，有何活計？』又連聲道：『領教，領教。』又停一時，說道：『這項也交付次公子？晚生都領命了。』少停，又拱揖道：『晚生怎敢當此厚惠？』推遜了多時，又道：『既承尊命懇切，晚生勉領，便給批照與次公子收執。』乃起身，又連作數揖，口稱：『晚生便去。』眾人都看得呆了。」

就這樣，滕大尹用虛擬動作與已故的倪太守的鬼魂對話，假裝遵照倪太守的指示去發掘並分配遺產。結果當然是相當公正地懲罰了「長公子」而維護了「次公子」的正當權益。然而，他在中間卻坐得黃金一千兩。更為有趣的是，這位大尹吃了西瓜還甩皮，說什麼「更有一壇金子，方才倪老先生有命，送我作酬謝之意。我不敢當，他再三相強，我只得領了」。然後，「將一壇金子封了，放在自己轎前，抬回衙內，落得受用。眾人都認道真個倪太守許下酬謝他的，反以為理之當然，那個敢道個不字」。

就筆者孤陋寡聞之淺見，滕大尹是中國古代小說史上第一位善於利用「虛擬」空間為自己謀取利益的知識分子。其實，應該說是馮夢龍（或者其他什麼人）善於利用虛擬空間來為自己筆下敘事寫人服務。

緊接《喻世明言》之後寫裝神弄鬼的斷案者是《拍案驚奇》卷二十六《奪風情村婦捐軀，假天語幕僚斷獄》，不過那裡面的主人公並不是正兒八經的「縣官」，而是一個幕僚身份的「代理」縣長：「縣裏此時缺大尹，卻是一個都司斷事在那裡署印。這個斷事，姓林名大合，是個福建人，雖然太學出身，卻是吏才敏捷，見事精明。」代理縣官的「林斷事」受理案件以後，先是派一個門子進行了秘密調查，對案情已經了然於胸。隨後，這位林老爺假裝做了一個夢，要到殺人兇犯藏身的寺院燒香圓夢。於是，便在寺院裏現場演出了如同滕大尹一般裝神弄鬼的精彩一幕：

> 只見林公走下殿階來，仰面對天看著，卻像聽甚說話的。看了一回，忽對著空中打個躬道：「臣曉得這事了。」再仰面上去，又打一躬道：「臣曉得這個人了。」急走進殿上來，喝一聲：「皂隸那裡？快與我拿殺人賊！」眾皂隸吆喝一聲，答應了。林公偷眼看去，眾僧雖然有些驚異，卻只恭敬端立，不見慌張。其中獨有一個半老的，面如土色，牙關寒戰。林公把手指定，叫皂隸捆將起來。對眾

> 僧道：「你們見麼？上天對我說道：『殺井家婦人杜氏的，是這個大
> 覺。』快從實招來！」眾僧都不知詳悉，卻疑道：「這老爺不曾到寺
> 中來，如何曉得他叫大覺？分明是上天說話，是真了。」卻不曉得
> 盡是門子先問明瞭去報的。

林斷事裝神弄鬼的判案，雖然在形式上與滕大尹相近似，但也有極大的不同
之處。首先，林判的是殺人案，較之滕所判的遺產案更為重大，故而更不能
有絲毫的紕漏。第二，林是代理縣官，不比滕是正規縣令，必須要更加體現
自己斷案的權威性，故而他假裝聽到的是「天語」，亦即上天的意旨，而不像
滕大尹只是假裝聽到已故當事人的囑託。第三，也是最重要的一點，林斷事
只是為了使案情水落石出而採取裝神弄鬼的手段，而不像滕大尹在「水落石
出」的同時還「巧取豪奪」了一把──用「巧取」的手段達到了「豪奪」的目
的。有了以上幾點區別，這兩個故事中的「清官能吏」給人的印象就是「同中
有異」了：相同者在於，兩個人都是「智慧」得令人可愛的官員；不同之處在
於，滕大尹在「可愛」的背後隱藏著幾分令人厭惡的油滑和自私，而林斷事
則是更多的令人敬佩的精明與正派。

　　但無論相同也罷，不同也罷，由滕大尹和林斷事共同領銜演出的這種裝
神弄鬼的斷案的「喜劇」（或曰鬧劇）卻成為清官斷案的一種特殊的模式留在
了小說史上的官場之中。更有意義的是，中國古代（也包括現代）的小說作
家們一個最大的特點就是，只要有始作俑者，必然會有批發製造；只要一馬
當先，必然會萬馬奔騰。自從「滕大尹鬼斷家私」和「假天語幕僚斷獄」以
後，裝神弄鬼的斷案就層出不窮了。

　　《施公案》第二百五十七回有「施賢臣假神斷山」一節，講的就是施公
裝神弄鬼判斷一樁爭奪墳山的故事。

> 忽見施公離了座，望各官說道：「本山土地神已至，須設了
> 座。」手下人答應，就在施公上首設下座位。施公便屬身，作迎接
> 之狀，復又望空一揖，又謙讓了一會，這才就本位偏身坐下，若是
> 與土地神對語。少刻，施公望上首座位上答應道：「是。」又道：「承
> 尊神指示，施某當照此判斷。」

先用神靈威懾原告、被告雙方以後，施公又隨意得出一個結論：「曾本厚實係
誣告，此山本係屠念祖之祖所遺。」用以迷惑雙方。最終，要雙方先後拜別山
墳，施公則暗中觀察雙方神情舉止。結果，還真讓施大人看出了名堂。

　　　　屠念祖走到墓前，草草的磕了三個頭，站在一旁。施公又命曾本厚去拜。曾本厚走至墳前，拜伏在地，放聲大哭道：「子孫為祖宗，結訟多年，不辭勞苦。今施公禱神得夢，並有土地神暗中指示，說是：此山系屠姓所遺。拍子孫為誣告，究不知真偽。為子孫的，亦永遠無祭拜之日了。」說罷，嚎啕痛哭，暈倒在地。

正是根據兩人截然不同的表現，施公得出了正確的判斷：

　　　　只見屠念祖走至公案前，……施公忽將驚堂木一拍，喝道：「爾尚敢如此強辯！希圖霸佔，顯係老奸巨猾。試問你與曾本厚拜墓形情，人所共睹。不但不知自愧，反存攘奪之心。本部堂若不念爾曾領青衿，定即從嚴究辦。究竟此山系爾攘奪，抑係誣告曾本厚麼？從實招來，或可從寬免罪。」

結果，自然是案件水落石出，「眾人無不佩服」。「施部堂」此次斷案，雖然與「滕大尹」「林斷事」略有些不同，他並非先搞清楚案情的來龍去脈然後再裝神弄鬼，而是先裝神弄鬼然後再察言觀色，但結果卻是一樣的，基本模式也是一樣的。而且，施公對稍後的俠義公案中這方面的描寫影響極大。

　　凡對中國古代小說史稍有瞭解的人都會知道，中國古代的通俗小說主要來源於說書場中。清代俠義公案小說中有一個系列，可以說是這方面的典型。這個系列就是：民間藝人石玉昆說「龍圖公案」——聽眾整理的話本《龍圖耳錄》——下層文人創作的《三俠五義》——著名文人俞樾修訂的《七俠五義》。這幾乎概括了中國古代通俗章回小說成書的全過程。更有意味的是，上述那種清官裝神弄鬼斷案的描寫，在這一過程中得到了充分的體現。我們不妨摘取一頭一尾兩個例子來略作展示。

　　　　不多時，將伽藍神抬至公堂。百姓們見把伽藍神泥胎抬到縣裏審問，誰不要看這樣新樣兒的奇事，都到縣來。只見包公離了座位，迎將下來，似有問答之狀。左右觀看的人不覺好笑。連包興都暗說：「我們老爺，這是裝什麼腔兒呢！」只見包公從新入座，叫道：「吳良！適才神聖說道，你那日動凶之時，已在神聖背後留下暗記，下去比來！」左右將吳良帶將下去。只見神聖背後肩膀以下果有左手六指兒的血手印。誰知吳良卻是六指兒，比對時絲毫不差。吳良只唬的膽裂魂飛。左右人人無不吐舌，說：「這位太爺真是神仙！如何就知是木匠吳良呢！」殊不知包公那日上廟驗看時，地下揀了一物，

裝神弄鬼的判案

卻是個墨斗，又見伽藍神背上有一六指兒的血印，因此便想到木匠身上。（《龍圖耳錄》第五回）

不多時，將伽藍神抬至公堂。百姓們見把伽藍神泥胎抬到縣衙聽審，誰不要看看新奇的事，都來。只見包公離了公座，迎將下來，向伽藍神似有問答之狀。左右觀看，不覺好笑。連包興也暗說道：「我們老爺這是裝什麼腔兒呢？」只見包公重新入座，叫道：「吳良，適才神聖言道，你那日行兇之時，已在神聖背後留下暗記。下去比來。」左右將吳良帶下去。只見那神聖背後肩膀以下，果有左手六指兒的手印。誰知吳良左手卻是六指兒，比上時絲毫不錯。吳良嚇得魂飛膽裂，左右的人無不吐舌說：「這位太爺真是神仙，如何就知是木匠吳良呢？」殊不知包公那日上廟驗看時，地下撿了一物，卻是個墨斗。又見那伽藍神身後有六指手的血印，因此想到木匠身上。（《七俠五義》第五回）

至次日，七家到齊。邵老爺即刻升堂。方縣將七家人名單呈上。邵老爺叫：「帶上堂來！不准亂跪！」一溜排開，按著名單跪下。邵老爺從頭一個看起，挨次看完，點了點頭，道：「這就是了；怨得他說，果然不差。」便對眾人道：「你等就在翠芳塘居住麼？」眾人道：「是。」邵老爺道：「昨夜有冤魂告到本府案下，名姓俱已說明；今既有單在此，本府只用朱筆一點，便是此人。」說罷，提起朱筆往下一落，虛點一筆，道：「就是他，再無疑了。無罪的只管起去，有罪的仍然跪著。」眾人俱各起去。獨有一人起來復又跪下，自己猶疑，神色愴皇。邵老爺喝道：「吳玉！你害了鄭申，還想逃脫麼？本府總然饒你，那冤魂也是不放你的！快些據實招上來！」（《龍圖耳錄》第九十六回）

這一日，七家到齊，邵老爺升堂入座。方令將七家人名單呈上。邵老爺叫帶上來，不准亂跪，一溜排開，按著名單跪下。邵老爺從頭一個看起，挨次看完，點了點頭道：「這就是了，怨得他說，果然不差！」便對眾人道：「你等就在翠芳塘居住麼？」眾人道：「是。」邵老爺道：「昨夜有冤魂告到本府案下，名姓已然說明。今既有單在此，本府只用朱筆一點，便是此人。」說罷，提起朱筆，將手高揚，往下一落，虛點一筆，道：「就是他，再無疑了。無罪的

只管起去，有罪的仍然跪著。」眾人俱各起去。獨有西邊一人，起來復又跪下，自己犯疑，神色倉皇。邵老爺將驚堂木一拍，道：「吳玉，你既害了鄭申，還想逃脫麼？本府縱然寬你，那冤魂斷然不放你的！快些據實招上來。」（《七俠五義》第九十六回）

二書相較，出入不大。說明民間藝人和著名文人對這種描寫都是認可的。但二書都存在的這兩個故事中的清官的裝神弄鬼的行為卻有點不同。包龍圖學的是滕大尹和林斷事，乃事先調查而後裝神弄鬼而證實之；而邵知府學的卻是施部堂，先裝神弄鬼以威懾對方，爾後察言觀色而破案。

清官為什麼要裝神弄鬼地破案？說明當時法律制度不健全。法律制度的不健全造成了兩個結果：一是依靠正常的法律途徑清官往往無法破案，二是清官用非法的手段破案卻得到人們的讚揚。

意味深長的是，這兩個結果居然是相輔相成的。

令人沮喪的是，用這種方式破案的官員在封建時代卻是最優秀的。因為在當時或後世的某些判案者所用的手段比裝神弄鬼還要惡劣得多。

但願今天這樣的破案者並不是最優秀的，因為當今是法律日益健全的時代。

但願我的這個「但願」成為現實。因為我自以為這個但願是有相當的代表性的。

唐伯虎的「追星族」

要討論唐伯虎的「追星族」，我們得先從「明星」唐伯虎說起。《明史·文苑傳》是這樣介紹唐伯虎其人的：

> 唐寅，字伯虎，一字子畏。性穎利，與里狂生張靈縱酒，不事諸生業。祝允明規之，乃閉戶浹歲。舉弘治十一年鄉試第一，座主梁儲奇其文，還朝示學士程敏政，敏政亦奇之。未幾，敏政總裁會試，江陰富人徐經賄其家僮，得試題。事露，言者劾敏政，語連寅，下詔獄，謫為吏。寅恥不就，歸家益放浪。寧王宸濠厚幣聘之，寅察其有異志，佯狂使酒，露其醜穢。宸濠不能堪，放還。築室桃花塢，與客日般飲其中，年五十四而卒。

此外，從當時和稍後的一些文人為《唐伯虎全集》所寫的序言中，我們更可以對唐寅的性格有進一步的瞭解：

「吳人有唐子畏者，才子也；以文名，亦不專以文名。」（袁宏道《序》）

「唐伯虎者，名寅，初字伯虎，後乃更字子畏，吳縣人也。少有儁才，性豪宕不羈，……尤工四六，藻思麗逸，翩翩有奇氣；然行實放曠，人未之奇也。」（袁袠《序》）

「吾吳伯虎唐先生，以風流跌宕，擅名一時。」（何大成《序》）

看來，唐伯虎有三大特點：有才，狂放，風流。有此三點，再加上他曾經中過解元，他就被民間傳說成一個風流才子的典型，至於他的倒楣、他的困厄、他的落寞，人們基本上忘了個乾乾淨淨。

進而，民間的文學作品就開始塑造一個風流才子的唐伯虎，甚至熱情洋溢地歌唱他「一笑姻緣」點秋香的故事。在馮夢龍編撰的「三言」中，這個故

事也成為流傳最為廣泛的作品之一。在那個故事中，作者為我們塑造了一個與現實中的唐寅並不完全對號的唐解元。

> 那才子姓唐，名寅，字伯虎，聰明蓋地，學問包天，書畫音樂，無有不通；詞賦詩文，一揮便就。為人放浪不羈，有輕世傲物之志。
> （《警世通言·唐解元一笑姻緣》）

這樣一位風流才子唐解元，有一次忽然看到了一個美麗的丫鬟，於是，發生了下面一幕：「解元倚窗獨酌，忽見有畫舫從旁搖過，舫中珠翠奪目，內有一青衣小鬟，眉目秀豔，體態綽約，舒頭船外，注視解元，掩口而笑。須臾船過，解元神蕩魂搖，問舟子：『可認得去的那隻船麼？』舟人答言：『此船乃無錫華學士府眷也。』解元欲尾其後，急呼小艇不至，心中如有所失。」（同上）

再往後，故事可就漫長了。唐伯虎賣身為奴，進入華府，歷盡曲折，最後終於點了那名叫秋香的「青衣小鬟」，並且將她偷運回家。這就是在中國俗文學史上影響頗大的「唐伯虎一笑姻緣點秋香」的故事，後來拍成影片，那可就不止「一笑」了，而是發展成為「三笑」。

其實，並不用等到今天，早在明末清初，唐伯虎風流的美名就傳遍遐邇。而一位解元公為了心愛的女人賣身為奴的故事，也為後代很多風流才子做了表率。至清代，唐伯虎的「追星族」紅紅火火。而且，大都是同性的追星者。或者說，竟是「唐仲虎」「唐叔虎」「唐季虎」之類了。

給唐伯虎排一個哥兒兄弟輩，絕非筆者任意的惡謔。目前所知最早的唐伯虎的模仿者可真是從名字模仿起的。

> 話說蘇州府長洲縣，有一個少年秀才，姓唐，因慕唐寅為人，便起名叫做唐辰，因唐寅號伯虎，他就號季龍，有個要與唐寅相伯仲之意。（《人中畫·終有報》第一回）

你看，前輩叫唐寅，他就叫唐辰；前輩字伯虎，他就字季龍。寅虎卯兔，辰龍巳蛇嘛！老大為「伯」，老么為「季」嘛！不是亦步亦趨且完全配套嗎？就連前輩是吳縣人，後輩也模仿成長洲人。眾所周知，那時的吳縣和長洲加起來就等於蘇州，就像現在武昌、漢口、漢陽加起來等於武漢一樣。唐伯虎和唐季龍相同之處也太多了。

《人中畫》是一部刊行於順治年間的擬話本小說集，它的產生應該是在明末清初。由此可知，最遲在那個時候，就有了風流才子唐伯虎的追隨者。

而且這位唐季龍先生後來的所作所為也風流得很、才子得很，只是還沒有到賣身為奴的地步。

　　但是不要慌，很快就有了唐伯虎賣身為奴的真正「模仿秀」，那是康熙年間出版的一部小說中的一位姓胡名瑋字楚卿的秀士。不過，這位胡秀士看中並非丫鬟，而是小姐。於是，他也學習唐伯虎，幹起了賣身為奴的勾當。

　　　　走過縣前，又過一條街，到了一個大牆門首，將轎子歇下。楚
　　卿急挨上前。這些婦女掀開兩處簾子，先走出一個老的，後走出一
　　位小姐，果然體態輕盈，天姿國色，是個未笄女子。上階時露出金
　　蓮半折，與丫環們說說笑笑，飄然似天仙的竟進去了，並不曾把楚
　　卿相得一相。那楚卿乘興而來，不覺掃興而歸。望北行了三五丈，
　　又轉身來，把牆門內仔細一看，癡心望再出來的景象，忽見門邊有
　　一條字，上寫著：「本宅收覓隨任書童。」楚卿那時已魂飛天外，見
　　了此字，不覺歡喜，暗想道：「我這樣才子，不配得個佳人，也是枉
　　然。況天下美女要比她，第二個再沒有了。但不知內才如何耳？如
　　今我又不歲考，總是出來遊玩。就要往遂平討銀子，何不著蔡德先
　　去。我趁此機會，明日扮作書童，做進身之策，得與小姐親近，聞
　　一聞香氣，也是修來的。若再有才，我就與她吟詩答對起來。倘能
　　夠竊玉偷香，與她交親，講明成就了百年姻眷，豈不是一生受用？」
　　（《情夢柝》第一回）

後來，胡楚卿果然實現了自己「情奴」的理想，得到了千嬌百媚的小姐。只不過相對於唐伯虎而言，他更加「才子佳人」一些，而少了一點來自民間的草根意味的「情奴」情結。因為胡秀士賣身為奴追求的畢竟是小姐，而不像唐伯虎為了一個丫鬟而降身奴僕。故而，胡秀士形象終究不及唐解元。

　　但天下的事真正令人匪夷所思，還有思想境界更低於胡秀士者，那是一個名叫邱玉壇的讀書人，他居然「賣身圖主母」，追求的對象既非人家小姐，更非富室丫鬟，而是一位大家少婦，是一位「主母」。並且，這位「主母」比他大了十歲，還是他的「從堂表姑」。這種戀情，可就「畸形」得非常了。但作者為了寫出這段畸形愛戀，就通過夢境給它蒙上了宿命色彩。且看邱玉壇一夢醒來後的心理活動：

　　　　正要追明冤孽根由，被那老人一推而醒，原來是黃粱一夢。暗
　　想道：「好奇怪，剛才夢中老人之言句句猶在耳中，明明教我先要做

了奴才，方能得到這個婦人。還說不過是了冤孽而已。這『冤孽』二字且不必猜詳他，但我是舊家子弟如何做得下賤人？斷乎使不得。」轉想道：「聞得唐六如是一位堂堂的才子解元，尚且為了一個桂華使女就肯改名易姓，投到華太史家去做一個書童，何況是我呢？」自得夢中賣身之策，精神頗起。（《載陽堂意外緣》第一回）

如果唐伯虎知道一百多年以後居然有邱玉壇這樣一個「追星族」，而且公然以他「唐六如」作為榜樣，他一定會氣得個一佛出世二佛涅槃的。賣身為奴追求丫鬟是一種非常有情趣的行為，竟然被這樣一個「不肖兒孫」糟蹋成這樣！當然，唐解元公也用不著過分生氣，因為他的事業畢竟還有令其滿意的繼承人。那也是一位解元，也是賣身為奴，所追求者也是一名丫鬟。這位出現在晚清的解元大名常敏，乳名嬌娘，很像一個女孩的名字。我們且看他與某大戶人家美婢娉婷的一段「憐香惜玉」的對話：

娉婷進了屋，到榻上坐下，嬌娘也到下邊椅子坐下。娉婷說：「你說。」嬌娘說：「你可知道我是什麼人？」娉婷說：「你是個小廝。」嬌娘說：「像我這個小廝，這南京三年才出一個。」娉婷說：「怎麼這等稀罕？」嬌娘說：「我是去年的新解元常敏。」娉婷說：「你真瘋了，豈有解元情願給人家做小廝的？」嬌娘說：「我是來救你的。」娉婷說：「我又無病無災，要你救什麼？」嬌娘說：「我自從去年秋天在轎裏見過你，我想你這樣一個人，可惜！可惜！」娉婷說：「怎麼可惜？」嬌娘說：「你想，你想。」娉婷把臉一紅，說：「你這個人還了得嗎？我去向老太太說，打不死你！」接著就走。嬌娘說：「你去只管去，你想我這話到底是為了誰？」娉婷站了一時，說：「我去看老太太，等我改日再說罷。」（《風月鑒》第六回）

由上可知，唐伯虎的追星族隊伍十分龐雜，良莠不齊。但這些人卻有一個共同點：為了情感的愉悅願意付出一切，直至做人的尊嚴。我們可以稱他們為「情奴」或「色奴」。

情奴色奴最大的特點就是精神戰勝物質。

而在今天不少人那裡，精神世界的東西幾乎消亡殆盡，所剩下的只是物態的人。

在房奴、車奴、錢奴、守財奴比比皆是的今天，我們回過頭去看看中國古代小說中由唐伯虎領銜搬演的情奴、色奴，或許別有滋味。

假戲真做

  眾所周知，李漁是中國文學史上戲曲、小說創作「兩頭爆」的作家。他之所以能夠這兩方面都取得不錯的成績。首先是他對戲曲、小說的認識別具一格，他認為小說就是「無聲戲」。其次，他常常將戲曲、小說不同的表現手法相互借鑒，甚至融為一體，從而形成了自己特有的藝術風格。

  例如，李漁在他的擬話本小說《連城璧》中，塑造了一個為了愛情不顧一切、乃至捨死忘生的女性形象劉藐姑。而這位女性恰恰就是一位戲劇演員。因此，李漁塑造這一人物的與眾不同的寫法就是讓其「假戲真做」，在舞臺上借助劇情來演繹自我。

  劉藐姑愛上了同班演員譚楚玉，而她的母親偏偏要她嫁給一個大富翁。劉藐姑在反抗無效的情況下，決定以死殉情。但臨死前她要表白自己的心跡，也要出一口惡氣。恰好那富翁請他們演戲，演完戲就要逼婚。於是她利用當地演戲將戲臺搭在溪水邊的習慣，特地點明要唱極具悲劇意味的《荊釵記》。於是，劉藐姑就開始了她以死殉情之前的假戲真做，在演到錢玉蓮投江時她作出了絕世驚人之舉。

    再做到抱石投江一出，分外覺得奇慘，不但看戲之人墮淚，連天地日月，都替他傷感起來。忽然紅日收藏，陰雲密布，竟像要混沌的一般。……別人投江，是往戲場後面一跳，跳入戲房之中，名為赴水，其實是就陸；他這投江之法，也與別人不同，又做出一段新文字來，比咒罵孫汝權的文法，更加奇特。那座神廟，原是對著大溪的戲臺，就搭在廟門之外。後半截還在岸上，前半截竟在水裏。藐姑抱了石塊，也不向左，也不向右，正正的對著臺前，唱完了曲

子，就狠命一跳，恰好跳在水中。果然合著前言，做出一本真戲。

（第一回《譚楚玉戲裏傳情，劉藐姑曲終死節》）

這真是一個感天地泣鬼神的場面！它之所以動人，乃是因為作者借助了戲曲的力量來寫小說，借助了劇中人來寫演員。劉藐姑的假戲真做，「假戲」的部分，增加了這段故事的趣味性，而「真做」的一面卻增加了這段故事的情感張力。一段既具趣味性又具有情感力度的描寫，它不感動人才怪哩！

這段描寫，可謂李笠翁的匠心獨運，它達到了出其不意的效果。然而，如果我們認為李漁的這種寫法是前無古人後無來者的話，那可就大錯特錯了。這種「假戲真做」的描寫，既非始於李漁，也非終於李漁。李漁以後的作品我們且不去說他，因為沒有能超過李笠翁的。但李漁前面的小說作品中假戲真做的描寫，我們就不得不提及一二了，因為那是李漁創作的源頭。

遠的不說，李漁前面不久的馮夢龍就在其作品「三言」之中，搞了一場「假戲真做」。

《張廷秀逃生救父》一篇中的主人公張廷秀，受盡了岳父王員外的冷眼和姨夫趙昂的陷害。後來他做了官，微服拜訪岳父，並自稱是戲子。適逢岳父家演出《荊釵記》，於是眾人讓他演錢玉蓮的丈夫王十朋。因此，他便有了一次假戲真做以發洩心頭怨恨的機會：

> 眾親戚齊拍手道：「還是三叔說得有理！」將廷秀推入戲房中，把紗帽員領穿起，就頂王十朋祭江這一折。廷秀想起玉姐曾被逼嫁上吊，恰與玉蓮相仿，把胸中真境敷演在這折戲上，渾如王十朋當日親臨。眾親鼻涕眼淚都看出來，連聲喝采不迭。只有王員外、趙昂，又羞又氣。（《醒世恒言》第二十卷）

這一段描寫，遠遠不及李漁筆下寫劉藐姑那一段精彩動人。但明眼人都能看出，李漁所寫的那一段，正是從「三言」中的這一段「化出」的。不然，哪有這麼巧的事——都是假戲真做，都是演的《荊釵記》？

李漁的改造，當然有著青藍之勝。這正是這位湖上笠翁成功的地方。

因為所有成功的藝術作品都不可能是某一位作家閉門造車、向壁虛構的。它必然有它的「榜樣」或「模範」。高明的藝術家所有的任務其實不過是四個字：「推陳出新」。

只有推陳出新，才有青藍之勝。

其實，說到底，「三言」中的假戲真做的描寫又何嘗是馮夢龍的一無依傍

的憑空捏造呢？

　　它的創意來自一則最古老的戲曲史料：「優孟衣冠抵掌孫叔敖。」

> 　　優孟者，故楚之樂人也。長八尺，多辯，常以談笑諷諫。……
> 楚相孫叔敖知其賢人也，善待之。病且死，屬其子曰：「我死，汝必
> 貧困。若往見優孟，言：『我孫叔敖之子也。』」居數年，其子窮困，
> 負薪，逢優孟，與言曰：「我孫叔敖之子也。父且死時，屬我貧困，
> 往見優孟。」優孟曰：「若無遠，有所之。」即為孫叔敖衣冠，抵
> （抵）掌談語，歲餘，像孫叔敖，楚王左右不能別也。莊王置酒，
> 優孟前為壽，莊王大驚，以為孫叔敖復生也，欲以為相。優孟曰：
> 「請歸，與婦計之，三日而為相。」莊王許之。三日後，優孟復來。
> 王曰：「婦言謂何？」孟曰：「婦言：慎無為，楚相不足為也！如孫
> 叔敖之為楚相，盡忠為廉以治楚，楚王得以霸。今死，其子無立錐
> 之地，貧困負薪，以自飲食。必如孫叔敖，不如自殺！」……於是
> 莊王謝優孟，乃召孫叔敖子，封之寢丘四百戶，以奉其祀。(《史記·
> 滑稽列傳》)

筆者鄙陋。目前所知最早的「假戲真做」故事，恐怕就是它了。

斷弦，恐有人竊聽

　　「斷弦」一詞，古人有多種解釋，其中流傳最廣的是以之代指喪偶、尤其是男子喪妻。但是，如果在古人的日常生活中，有人彈琴，彈著彈著，琴弦「刮刺」一聲斷了，那又意味著什麼呢？對此，辭書中就很少解釋了。而在民間，稍帶一點迷信的說法至少有兩個：一是意味著主人不利，二是可能有人偷聽。

　　關於後面這一說法，在古代小說中還有頗為生動的描寫：

　　　　伯牙開囊取琴，調弦轉軫，彈出一曲。曲猶未終，指下刮刺的
　　一聲響，琴弦斷了一根。伯牙大驚，叫童子去問船頭：「這住船所
　　在是甚麼去處？」船頭答道：「偶因風雨，停泊於山腳之下，雖然
　　有些草樹，並無人家。」伯牙驚訝，想道：「是荒山了。若是城郭村
　　莊，或有聰明好學之人，盜聽吾琴，所以琴聲忽變，有弦斷之異。
　　這荒山下，那得有聽琴之人？哦，我知道了，想是有仇家差來刺
　　客；不然，或是賊盜伺候更深，登舟劫我財物。」叫左右：「與我上
　　崖搜檢一番。不在柳陰深處，定在蘆葦叢中！」（《警世通言》第一
　　卷）

「三言」中這一卷的題目叫做《俞伯牙捧琴謝知音》，篇中的鼓琴高手俞伯牙至少弄斷過兩次琴弦，而且兩次都是因為一個名叫鍾子期的人。第一次就是上引這一段，由於鍾子期竊聽，俞伯牙的琴弦刮刺一聲就斷了。當然，由於這一「斷弦」事件，便引發了「高山流水遇知音」動人傳說。第二次則是俞伯牙在次年抱著瑤琴去尋訪「知音」鍾子期，不料，鍾子期已經去世。於是，又留下了「俞伯牙捧琴謝知音」的感人故事。

當然，這個故事並非馮夢龍的創造，早在《呂氏春秋·孝行覽》中就有相關記載：「伯牙鼓琴，鍾子期聽之。……鍾子期死，伯牙破琴絕弦，終身不復鼓琴。」如今武漢三鎮之一的漢陽有座「古琴臺」，在長江之濱、龜山腳下，就是紀念這個故事的。

然而，此時筆者感興趣的並不是「高山流水」，也不是「伯牙捽琴」，而是上述故事中俞伯牙的一句判斷：「或有聰明好學之人，盜聽吾琴，所以琴聲忽變，有弦斷之異。」這一判斷至少有兩點值得注意：第一，有人竊聽會引起琴聲忽變；第二，進而斷弦。

在《俞伯牙捽琴謝知音》這一篇中，上述引起斷弦的兩種情況都發生了。而在清代後期的兩部章回小說中，卻各自描寫了其中的一種情況。且看：

> 原來是章紫蘿小姐在南樓看月，焚香彈琴。正彈得高興，不防山玉在下竊聽，那弦忽然斷了。那章小姐道：「弦斷必有人竊聽。」（《雲鍾燕三鬧太平莊全傳》第二十回）

> 那女子正在操琴，忽聽琴中出異音，連慌將琴丟下，道：「琴犯異音，咫尺必有人在此竊聽。」隨命丫環：「四下裏查看，卻是何人躲在此間？若是女子，不必驚動他；倘若是個男子，慌慌稟知老爺，將他拿下。」（《玉燕姻緣全傳》第五十七回）

前一段寫的是「弦斷必有人竊聽。」後一段則寫的是「琴犯異音，咫尺必有人在此竊聽。」

兩部小說的兩個片斷加起來，便對《俞伯牙捽琴謝知音》中鼓琴高手的判斷做了形象的「補充論證」。

如此細微之處，亦可看出中國古代小說創作中的影響與繼承。

治小說者，對此可以「忽之」乎？

這些人，割自己的肉，幹什麼用？

　　割自己的肉，這是每一個人都不願意幹的事。老古話中有「剜肉補瘡」的說法，那多半是出於不得已。晚唐詩人聶夷中所說的「二月賣新絲，五月糶新穀。醫得眼前瘡，剜卻心頭肉」（《詠田家》）更是這方面的生動表示。然而，在中國古代小說中，卻反反覆覆寫到有人自覺自願地割下自己身上的肉。那麼，他們究竟要幹什麼呢？

　　一種情況是剜卻心頭肉以救紅顏知己，這方面最有名的便是《聊齋誌異》中所描寫的喬生。這位喬生深愛著史家姑娘連城，引以為知己。但連城的父親嫌貧愛富，將女兒許配給王某人，喬生因此感到很失望。然而，一個「離奇」的機會來了：

> 　　未幾，女病瘵，沉痼不起。有西域頭陀自謂能療；但須男子膺肉一錢，搗合藥屑。史使人詣王家告婿，婿笑曰：「癡老翁，欲我剜心頭肉也！」使返。史乃言於人曰：「有能割肉者妻之。」生聞而往，自出白刃，剖膺授僧。血濡袍袴，僧敷藥始止。合藥三丸。三日服盡，疾若失。史將踐其言，先告王。王怒，欲訟官。史乃設筵招生，以千金列几上，曰：「重負大德，請以相報。」因具白背盟之由。生怫然曰：「僕所以不愛膺肉者，聊以報知己耳。豈貨肉哉！」拂袖而歸。（《聊齋誌異·連城》）

這位喬生，為了心愛的女人，竟然割下自己的心頭肉以報知己，誠可謂為了一個「情」字而不顧一切了。這樣的男人在古代、在今天均可謂鳳毛麟角。但是鳳毛麟角並非絕無僅有，喬生果然有後繼者出現，這名男子叫做韓秋鶴，他的夙世姻緣的紅顏知己名叫畹香。這女子也是得了絕症，非得男子的膺肉

救治不可。於是，就發生了下面這一幕：

> 於是頭陀診了一會，……說道：「這名缺陷丸，老僧近從恨海
> 帶來的，但須男子胸頭的肉一錢，和這丸同煎吃了便好。若無此
> 肉，非獨此丸無功，且反速其死，慎之慎之。」……秋鶴……就命
> 孔夫人取了一柄剪刀，又恐剪後受傷，因向孔夫人說明了，自己到
> 藥鋪裏買了止血金瘡藥，然後再到房中，解開衣襟，露出胸膛來，
> 量了大小就把剪子狠命一剪，剪下一塊銅錢大小的肉來，放在杯
> 內。……孔夫人就把這肉和丸藥一齊傾在小磁罐裏煎起來，一回子
> 煎好了，……就一匙一匙的喂入小姐口中，又不住的念佛，小姐是
> 半受半吐的，一回吃完，又去煎二次，又來看看小姐，看看秋鶴，
> 秋鶴尚在小痛，身體動不得，孔夫人哭道：「小女之病，累得相公這
> 樣，心何以安？老身無可為謝，願贈養傷費，待小女好了再謝。」
> 秋鶴哭道：「我韓某為報知己，甘夷父母之身，豈賣肉而來者？夫人
> 所言，未免小看了。」孔夫人自悔失言，深深告罪。（《海上塵天影》
> 第十一回）

這位韓秋鶴先生的做法與想法與喬生如出一轍，都是剜卻心頭肉，都是聊以
報知己。這樣的故事，在人世間雖然極為罕見，但是只要有一兩件，也可見
情感的力量，可見知己的力量。這種情癡情種，的的確確是非常感人的。

　　剜卻心頭肉，聊以報知己。當然是一種人間至情的表現。然而，一個
「情」字，卻不僅止於男女之情，這中間還應包括同性朋友之間的深切友情。
如果這種友情達到極致，那也是可以「割肉相酬」的。當然，這樣的故事就不
大可能出現在才子佳人一類小說之中了，這應該是英雄豪傑之間的交往。且
看下面這一段：

> 只見雄信也不綁縛，攜著程知節的手，大踏步前走，一邊在棚
> 內放聲大哭，徐懋功捧住在法場上大哭。……此時不要說秦、程、
> 徐三人大慟，連那看的百姓軍校，無不墜淚。……叔寶叫從人抬過
> 火盆來，各人身邊取出佩刀，輪流把自己股上肉割下來，在火上炙
> 熟了，遞與雄信吃，道：「弟兄們誓同生死，今日不能相從；倘異日
> 食言，不能照顧兄的家屬，當如此肉，為人炮炙屠割！」雄信不辭，
> 多接來吃了。（《隋唐演義》第六十回）

秦叔寶、徐懋功、程咬金三人為什麼輪流將自己大腿上的肉割下來在火上烤

熟了給單雄信吃呢？因為他們當時處於極端困窘的精神狀態。一方面，他們三人與單雄信都是「不求同年同月同日生，但求同年同月同日死」的結義兄弟，而現在單雄信被李世民俘虜，又因為李世民的父親曾經誤殺單雄信的哥哥而這位單二員外寧死也不願意降唐；另一方面，他們三人又都是李世民手下忠心耿耿的將領，他們不可能為了挽救結義兄弟而做出對君王不忠的事。簡言之，他們既要盡忠，又要守義；既不能救朋友，又要履行「同生共死」的誓言。於是，他們採取了既義薄雲天又自欺欺人的做法，割下自己身上的肉，代替自己陪著結義兄弟一起赴死。而單雄信在無可奈何之際也覺得這是最好的兄弟之情的表達方式，於是毅然決然地吃下了兄弟們的肉，然後毫無遺恨地走向了另一個世界。這樣的描寫顯得有些粗暴愚蠢，但同時也是非常感人的，這種深厚的友情亦不亞於割胸肉以酬戀愛。因為，這也是一種「聊以報知己」的方式，儘管這只是同性知己。

人類的「情」是一個至為複雜的東西，幾乎所有的人際關係都可以用某一種「情」來表達。除了上述愛情、友情而外，還有一種情是不能被忘懷的，那就是親情。但是，如果一旦將「割肉」和「親情」這兩個詞語連接在一起的時候，一個觸目驚心的口號卻忽地跳了出來：「割股療親」！

此所謂「親」，主要指的是直系親屬。今天的直系親屬主要有三個指向：向上指父母（父母不在指祖父母），平行指夫妻，向下指子女（子女不在指孫子女），無論是繼承權力還是扶養義務，都是按照這個為第一序列展開的。古代的直系親屬稍有不同，主要是對女性而言，自己的父母不算直系親屬，而用公婆取代之。而對婦女而言，在上述三種關係之間，丈夫是最為重要的，「夫為妻綱」，如果沒了丈夫，那就是塌了天啦！而且，對丈夫的義務，妻妾是沒有區別的，儘管在權力方面她們之間區別甚大。為此，我們先來看一個小妾燕夢卿為夫君耿朗「割指療親」的片斷：

> 先備下許多棉布，然後取出一柄風快的佩刀，右手拿了，捲起左邊翠袖，看著皮肉，又恐一時割不下。看到小指纖細，一刀可斷，不致有誤。遂端向正北，大拜數拜，秘密祝道：「敢告上下神祇，今日燕夢卿割指以療夫疾。如耿朗有救，祈垂鑒照，一劑速瘥。若其無命，願銷壽算，以代夫死！」祝畢，佩刀一揮，指落血出，昏伏於地。少時醒轉，忙將小指拾起，約有一寸來長，卻是三節割下兩節。忙將地下血跡用棉布收淨，又將病指裹好，換了一套舊衣。人

不知鬼不覺，悄悄來到正樓下去看煎藥，即將一段小指安放在內，煎好捧到耿朗床前。（《林蘭香》第三十二回）

像這種割下自己身體的某一個部位為親人治療傷病的感人而又愚蠢的故事在中國古代絕非僅見，且看明末擬話本作家陸人龍對此事的評價：

古今來割股救親的也多，如《通紀》上記的，錦衣衛總旗衛整的女剖肝救母，母子皆生的；近日杭州仁和沈孝子割心救父，父子皆亡的。都是我皇明奇事。不知還有個剖肝救祖母，卻又出十四歲的女子，這是古今希見！（《型世言》第四回）

在說完這一段關於割股療親的議論之後，陸人龍旋即為我們詳細講述了孝女妙珍剖肝救祖母林氏的故事。文章太長，此處摘其要點：

到十四歲時，他祖母年高，漸成老熟。山縣裏沒甚名醫，百計尋得藥來，如水投石，竟是沒效。那林氏見他服事殷勤，道：「我兒，我死也該了，只是不曾為你尋得親事，叫你無人依靠，如何是好？」妙珍道：「婆婆，病中且莫閒想。」只是病日沉重，妙珍想來無策，因記得祖母嘗說有個割股救親的，他便起了一個早，走到廚下，拿了一把廚刀，輕輕把左臂上肉撮起一塊，把口咬定，狠狠的將來割下。只見鮮血迸流，他便把塊布來拴了，將割下肉放在一個沙罐內，熬成粥湯，要拿把祖母。（同上）

那道者走近前來道：「妙珍，汝孝心格天，但林氏沉屙非藥可愈。汝果誠心救彼，可於左脅下剖肝飲之。」將手中拂指他左脅，又與藥一丸，道：「食之可以不痛。」妙珍起謝，吞所賜藥，只見滿口皆香，醒來卻是一夢。妙珍道：「神既教我，祖母可以更生。」便起焚香在庭中，向天叩道：「妙珍蒙神分付，剖肝救我祖母，願神天保祐，使祖母得生。」遂解衣，看左脅下紅紅一縷如線，妙珍就紅處用刀割之，皮破肉裂，了不疼痛，血不出，卻不見肝。妙珍又向天再拜道：「妙珍忱孝不至，不能得肝，還祈神明指示，願終身為尼，焚修以報天恩。」正拜下去，一俯一仰，忽然肝突出來。妙珍連忙將來割下一塊。（同上）

先是割股療親，無效，最後在神明的指導和幫助下，這位十四歲的小姑娘竟然剖肝救治祖母。最後的結果當然是極其美好的，妙珍孝感天地，祖母身體康復。

　　如果說，妙珍剮肝救治祖母的故事所反映的是血親之間不知不覺的親情召喚的話，那麼，下面這個故事似乎更為感人，毫無血親關係而只有倫理關係的媳婦割股療親救治婆婆。且看：

　　　　那時何小姐心中一想，得了主意，當夜叫張姑娘在上房伺候，他便回到自己房中，沐浴更衣，然後到佛堂焚香祝告，願減己壽，以延婆婆。於是預備下快刀一把，刀傷藥與布條、帶子樣樣均全。直等人靜三更，他重又焚香磕頭，四顧無人，忙將左腕退出，用口含住了腕上股肉，用刀割下一塊肉來，孝心發現，並不疼痛。他把那股肉放入罐中，用刀傷藥將傷口敷上，以布袱包之，外用帶子纏好，幸無人知覺。他忙把那股肉拿到上房，放在藥罐中，添水煎好。……當有僕婦扶起，太太坐在床上，何小姐把那碗藥湊至嘴邊，太太果然慢慢的服下，並不知有肉味。漱過了口，重新睡下。真是孝心感動神靈，暗中默祐，服下藥去，竟覺得胸口頓開，氣機不阻，登時睡著了。（《續兒女英雄傳》第二十五回）

大概是上述兩部小說的作者不如書中人物那麼性格堅強罷，在孝女孝媳割下自己身上的肉的一剎那，都有不知疼痛的描寫。這一點，與前面那兩位「剜卻心頭肉以救紅顏知己」的男兒有明顯的不同，因為那兩位男兒在剜卻心頭肉時都是痛得可以的。相比較而言，作者卻對燕夢卿的疼痛有粗略的描寫，處於中間狀態。為什麼如此？筆者確實不能以一兩句話分剖明白。但讀完上面這些不同的故事以後，有一種奇怪的感覺卻油然而生：喬生、秋鶴他們的行為，讓人讀後除了感動還是感動，而燕夢卿、妙珍、何小姐的事蹟，讓人讀後總覺得在被感動之餘又多多少少產生了一些心理重負，甚至是恐懼感。

　　何以如此？因為喬生、秋鶴的行為是純感情的自覺，而燕夢卿、妙珍、何小姐的行為卻是帶理性的被動。

　　前者是發之於情，後者是動之於理。

　　凡發之於情者令人感動，凡動之於理者讓人悸動！

　　發之於情者沒有人強迫，如光風霽月，如野花清泉，是那麼自然而然；動之於理者有人強迫，如模式範型、銅鎖鐵枷，恰如同被動而動。

　　那麼，強迫後者的究竟是什麼呢？是一種集體無意識的血緣關係鑄就、最終又超越血緣的倫理規範。

　　正因為割股療親的行為帶有很大程度上的看不見的「強迫性」，因此，

有些人在內心不願而又不得已需要裝模作樣的時候，就想到了弄虛作假。於是，就出現了這樣的鬧劇——以豬肉代人肉而「割股療親」最終將「親」療死！

我們先看這位假孝子在別人面前吹噓自己「割股療親」時恬不知恥的醜態：

> 一帆道：「聽說令先尊病重時光，煦翁曾經割股過的，那已是能人所不能了。」那人道：「那又何足稱道！當先嚴病重時，兄弟真急的吁天無路，叩地無門，恨不得把身子代替了先嚴。後來聽說割股是極靈的，兄弟就對天求禱，點了大香大燭，拿了柄薄刀，在沙石上霍落霍落磨了個飛快，脫開了衣服。家人們要瞧，我叫他不要瞧，瞧了是口子要爛的。於是右手執刀，向左臂膊上瞧的親切，『轄轄』。」一帆道：「什麼響？」那人道：「割股的聲音。那時割下的肉，秤起來足有四五兩。」一帆道：「煦翁，當時可曾秤過？」那人道：「兄弟當時要緊緊縛傷口，那有工夫來秤他。誰料先嚴竟是命盡祿絕，連割股也會不靈，就於這夜歸天去了。」一帆道：「煦翁割下的股肉，令先尊可曾煎服？」那人道：「總算先嚴領過兄弟的情，才咽氣的。」（《新上海》第四十一回）

這位「煦翁」孝子，完全可以當「水貨公司」的宣傳部長，你看他將自己標榜得多麼崇高偉大。但實際情況如何呢？且看知情者的揭發。

> 一帆道：「這種人那裡肯割掉自己身上的肉？」我問：「然則他割的是妻子身上肉麼？俗語叫做『割他人的肉，是不覺著痛苦的』。」一帆道：「那個人情願把身上肉捐給人家，成就人家做孝子。他割的並不是人肉，是塊豬肉，不知他怎樣弄了塊豬肉，藏在袖裏頭，虛張聲勢的嚷了一回。那套空城計就串好了。他老子本是個氣急痰火症，被這一碗濃濃的豬肉湯，就此送了個終，這還是他夫人說出來的呢。（同上）

當今社會，人們感歎水貨太多，孰知這種倫理道德的水貨早在一百年前就已經「小荷才露尖尖角」了。「割股療親」之「股」，居然也「水」成了「豬股」，這真是令人萬般悲哀的事情。那些倡導「割股療親」主旋律的道學先生們不知道是否想到會有這樣的變奏曲。然而，有一個明顯的事實卻擺在了我們的面前：為什麼沒有水貨的「剜卻心頭肉以救紅顏知己」的故事發生呢？

其中的道理其實很簡單，所有的弄虛作假都具有兩大根源：利益驅動和被迫無奈。「剜卻心頭肉以救紅顏知己」的行為既非利益驅動的「賣肉」，也沒有受到任何人、任何觀念的強迫，而「割股療親」的行為雖然沒有利益驅動卻有著孝女的「榮譽」驅動，更何況她們還受著看不見的倫理道德的脅迫。

在人類的社會生活中，做任何事，總離不開「情」與「理」的干擾和指揮，但這兩者干擾指揮的動因和後果卻截然不同。關於這一點，早在清代初年，就有一位小說作家通過自己的筆下的人物做了透徹的說明：

> 雙星道：「君臣父子之倫，出乎性者也，性中只一忠孝盡之
> 矣。若夫妻和合，則性而兼情者也。性一兼情，則情生情滅，情淺
> 情深，無所不至，而人皆不能自主。」（《定情人》第一回）

順便補充一點，燕夢卿雖是耿朗的小妾，勉勉強強可算作夫妻行列。但由於兩個原因使他們之間義務多於情感。第一，燕夢卿是一個淑女，比薛寶釵還要「薛寶釵」，她的「割指療夫」的行為是深受倫理道德支配的，情感倒在其次。第二，即便有些情感因素，也是燕夢卿向著耿朗單向的居多，而耿朗對燕夢卿並未付出全部真情，甚至對這個小妾的才華還有些妒忌和壓抑。這種狀況，與秋鶴、喬生相比，不可同日而語。故而，將她認作「理」多於「情」的中間狀態。

卑賤者的絕地反擊

　　只要有貧富貴賤，就不可能真正做到人人平等。甚至有時候，「真理」永遠在強大的富貴者一邊，而弱小的貧賤者永遠只能在淫威下臣服。但是，萬事萬物只要有一般就有個別，只要有普遍就有特殊。在中國古代的通俗文學作品中，有些作家就是要站在弱者一邊，就是要描寫跪著的卑賤者在坐著的高貴者強大壓力下的絕地反擊。

　　讓我們最先見識到這種輝煌的絕地反擊的是王實甫《西廂記》中的紅娘，那是多麼驚心動魄而又令人解穢的一幕啊！

　　　（紅見夫人科）（夫人云）小賤人，為什麼不跪下！你知罪麼？
　　（紅跪云）紅娘不知罪。（夫人云）你故自口強哩。若實說呵，饒你；若不實說呵，我直打死你這個賤人！誰著你和小姐花園裏去來？（紅云）不曾去，誰見來？（夫人云）歡郎見你去來，尚故自推哩。（打科）（紅云）夫人休閑了手，且息怒停嗔，聽紅娘說。……（紅唱）……他兩個經今月餘則是一處宿，何須你一一問緣由？……（夫人云）這端事都是你個賤人。（紅云）非是張生小姐紅娘之罪，乃夫人之過也。（夫人云）這賤人倒指下我來，怎麼是我之過？（紅云）……當日軍圍普救，夫人所許退軍者，以女妻之。張生非慕小姐顏色，豈肯區區建退軍之策？兵退身安，夫人悔卻前言，豈得不為失信乎？既然不肯成其事，只合酬之以金帛，令張生捨此而去。卻不當留請張生於書院，使怨女曠夫，各相早晚窺視，所以夫人有此一端。目下老夫人若不息其事，一來辱沒相國家譜；二來張生日後名重天下，施恩於人，忍令反受其辱哉？使至官司，老夫

人亦得治家不嚴之罪。官司若推其詳，亦知老夫人背義而忘恩，豈
得為賢哉？紅娘不敢自專，乞望夫人臺鑒：莫若恕其小過，成就大
事，捆之以去其污，豈不為長便乎？……（夫人云）這小賤人也道
得是。我不合養了這個不肖之女。待經官呵，玷辱家門。罷罷！俺
家無犯法之男，再婚之女，與了這廝罷。紅娘喚那賤人來！（王實
甫《西廂記》第四本第二折）

作為侍婢的紅娘在相國夫人面前，回答小姐鶯鶯是否與張生偷情的問題。而
實際上，此時鶯鶯與「那生」已經幽會了一月有餘。此事表面看來，確實是紅
娘所包庇的鶯鶯這一邊沒有道理。更何況老夫人適逢盛怒之際，一疊聲地要
紅娘認罪，要打死這個「小賤人」。情勢對紅娘而言，可謂萬分緊急。幾乎所
有的讀者和觀眾都會暗中為小紅娘捏一把汗。

孰料，智慧的、勇敢的、正義的紅娘此時早已成竹在胸。她早就料到小
姐這事總有一天會暴露，老夫人終究會要拷問她派去行監坐守小姐的紅娘。
於是，紅娘在萬分危急之時，忽然說出一句石破天驚的話：「非是張生小姐紅
娘之罪，乃夫人之過也。」接下來，便是滔滔不絕的動之以情、曉之以理的說
辭。最終，迫使老夫人不得不接受事實，將女兒許嫁那「白衣婿」。這裡，紅
娘抓住了老夫人曾經「忘恩負義」、害怕「辱沒家譜」的弱點，發動猛烈的絕
地反擊，終於以婢女之賤壓倒了相國夫人之尊，取得完勝。我想，凡是讀劇
本讀到此處或者看演出看到此處的人們，只要他還有一點良知，一定會為紅
娘的行為而歡欣鼓舞，而對作者的精彩描寫擊節讚賞的。

更有意味的是，紅娘的行為不僅感動了「當時」，而且還流傳於「後世」。
《西廂記》之後，這種紅娘式的絕地反擊居然在通俗小說創作中反覆出現。
且看二例：

說這牧童聽見老夫人呼喚，只道有甚好意思到，他那裡曉得事
情敗露。急忙走到堂前兩膝跪下，還迎著嘻嘻笑臉。老夫人喝道：
「噫！這小廝死在須臾，你可知罪麼？」牧童恰才放下笑臉道：「牧
童沒有甚罪。」老夫人道：「我且問你，那芙蓉軒的事兒，可是有的
麼？」牧童卻不敢答應。老夫人就把醜姑揪住耳朵，一齊跪著，便
喚瓊娥快進房去取家法來。牧童慌了道：「老夫人在上，這不干牧童
事，也不干醜姑事，原是老夫人一時錯了主意。」老夫人大怒道：
「胡說，怎麼到是我的主意錯了？」牧童道：「當日老夫人曾有言在

先，原把這醜姑許我做老婆的。那日若不曾說過，今日牧童難道輒敢先姦後娶不成。」老夫人喝道：「這小廝還要在我跟前弄嘴！」提起板子，也不管渾身上下，把他兩個著實亂打了一頓。(《鼓掌絕塵》第二十四回)

　　忽小燕來取供給。趙公性頭上，一把揪著頭髮便打，道：「我叫你伏侍那不成材的讀書叫你伏侍他做×養漢？」小燕道：「這話從哪裏得來？」趙公道：「還要強口！合館俱知，東耳生、水之番親口對我說的。再不認，我去接了張、杜二人來質證過，活活敲殺你！」小燕想來不能隱言，就道：「老爺坐了，等我說來。相公又不是女人，就有此事，亦世俗常情。老爺知得，只好置之不理，其議論自息。奈何信他人毀言，傷自己天性？若去尋杜、張來，他已任造謗，豈息情面？出了醜，老爺面上也不好看。小相公一生事業未曾動頭，後來還要做人。依小燕說，老爺只是隱瞞好。」趙公被小燕一篇話說醒了，道：「倒也說得是，我錯打你了。你去叫了那不成材的來。」(《弁而釵·情貞紀》第四回)

當然，以上兩段描寫在繼承《西廂記》卑賤者絕地反擊描寫的同時，還是有很大變異的，而且，這兩段小說中的描寫相互間也有很大的不同。

　　首先，絕地反擊的對象雖然差不多——代表封建家長的老頭或老太太，但反擊的主體卻由丫鬟變成了牧童或書童。其次，他們的絕地反擊並沒有紅娘那麼感動人，其原因是因為他們都沒有紅娘那麼純潔和正義：牧童的反擊並非幫助別人而是為了自己，而書童小燕所包庇之相公的出軌行為則是有別於正常男女愛情的「男風」。第三，就絕地反擊的最終結果而言，牧童雖然也表現得很勇敢，甚至是帶有點「無賴」的勇敢，但由於此事本身並不涉及他們家老夫人的「投鼠忌器」，故而老夫人可以毫無顧忌地處理這對偷情的卑賤男女。牧童的絕地反擊最多只是對老夫人刺激了一下，終歸失敗，而且迎來的只能是高貴者對「苦命鴛鴦」的一頓暴打。與之相比，書童的絕地反擊雖然涉及老爺趙公的舐犢之情，但由於公子所「從事」的畢竟是說不出口的同性戀，老爺最終決不可能像老夫人那樣把兒子「與了這廝罷」，只好「置之不理」而不了了之。因而，小燕絕地反擊的勝利只能是局部的，而且帶有一絲無可奈何的意味。

　　由以上幾點判斷，卑賤者的絕地反擊的描寫實在是呈每況愈下之勢。但

是，我們還必須對這三位絕地反擊者報以青眼，譜以讚歌。

何以如此？

因為他們具有卑賤者的智慧和勇敢，而且是在「嚴刑拷打」時所呈現的勇敢和智慧——絕地反擊。

試問，普天下所有的卑賤都能做到這一點嗎？

但凡做不到的人，就得佩服他們！

如果大家都能做到，世道就會大變！

貪淫好色的歷史根據和理論根據

　　舊時貴族子弟中貪淫好色者居多，中國古代小說對此多有描寫。尤其是《紅樓夢》，也以大量的筆墨寫了賈府中貓兒狗兒都不得乾淨。更有甚者，曹雪芹還以沉重而犀利之筆寫出了貴族子弟及其家長對那些貪淫好色行為的迴護——他們居然為之找出了歷史根據和理論根據。

　　歷史根據便是「髒唐臭漢」，這是寧國府大少爺賈蓉為自己醜惡行為的辯護詞。那麼，他是在一種什麼樣的場景中講出這番混帳話的呢？且看：

　　　　賈蓉撇下他姨娘，便抱著丫頭們親嘴：「我的心肝，你說的是，咱們饒他兩個。」丫頭們忙推他，恨的罵：「短命鬼兒，你一般有老婆丫頭，只和我們鬧，知道的說是頑，不知道的人，再遇見那髒心爛肺的愛多管閒事嚼舌頭的人，吵嚷的那府裏誰不知道，誰不背地裏嚼舌說咱們這邊亂帳。」賈蓉笑道：「各門另戶，誰管誰的事。都夠使的了。從古至今，連漢朝和唐朝，人還說髒唐臭漢，何況咱們這宗人家。誰家沒風流事，別討我說出來。連那邊大老爺這麼利害，璉叔還和那小姨娘不乾淨呢。鳳姑娘那樣剛強，瑞叔還想他的帳。那一件瞞了我！」（《第六十三回》）

此情此境，賈蓉居然有如此行為，而且，還為自己的罪惡行為找到了歷史根據。這位大少爺真正是「敢作敢為」的了不起！

　　然而，賈蓉他們之所以敢於這樣，是因為他們有一個大大的保護傘——老祖宗賈母。這位老太太，可真是開通得很。當王熙鳳為著賈璉的淫亂行為告御狀到史太君這位賈府最高統治者面前的時候，老祖宗卻出人意料地用非常「淡定」的幾句話，讓鳳辣子碰了一個軟釘子。實際上，賈母是為孫子

賈璉的淫亂行為提供了一個理論根據。你看她說的那種令人聽後哭笑不得的話：

> 賈母笑道：「什麼要緊的事！小孩子們年輕，饞嘴貓兒似的，那裡保得住不這麼著。從小兒世人都打這麼過的。都是我的不是，他多吃了兩口酒，又吃起醋來。」（第四十四回）

原來在老祖宗看來，貪淫好色就好像貪嘴好吃一樣，小孩子都這樣，無非是饞嘴貓而已。然而，那被淫亂的女人難道就像那杯盤中的美味一樣沒有知覺，沒有人格嗎？還有，那被淫亂的女子如果有父母、丈夫、子女，這些親屬難道對這樣的饞嘴貓沒有任何看法？更何況如果「從小兒世人都打這麼過的」，那麼，老祖宗你的父親、你的丈夫、你的兄弟難道都是「打這麼過的」嗎？進而言之，「世人」也包括女子嗎？如果包括，你老祖宗本人也是「打這麼過的」嗎？還有，既然大家都「打這麼過的」，那老祖宗你為什麼在另一個地方又要說那些追求愛情自由、婚姻自主的小姐是「鬼不成鬼，賊不成賊」呢？（第五十四回）由此可見，老太君在這裡的一番看似新奇的理論，其實不過是為了迴護孫子的劣行的信口開河而已。作者在這種地方，往往是隱含著深刻的諷刺的。

然而，賈蓉「髒唐臭漢」的歷史根據也罷，老祖宗「饞嘴貓兒」的理論根據也罷，其實都不是曹雪芹的首創，早在明末清初的兩部擬話本小說中，就有人寫到類似的言論。

有一部刊於明末的小說《載花船》，其中有一篇寫到這樣的故事：有開客棧的茹光先、倪碩臣、廖良輔三人結為異性兄弟，且各娶妻房，大嫂金玉姐、二嫂葉芸娘、弟媳莫蘭珠。其中，芸娘最為淫亂。她與大伯子茹光先勾搭成姦，不料被丈夫發現，於是，她提出要幫助丈夫「擺平」嫂嫂，大家都扯直了。當丈夫倪碩臣假意說這樣恐怕是「昧心」的「狗彘之事」時，她說出的一番話簡直是石破天驚了：「況唐朝做了天下之主，李世民好不威武，子孫手裡那個皇后不與臣民交歡？彼時也只平常，不見高宗、中宗、明皇等輩拿姦殺婦。這樣事在我開行歇客人家，只好當螻蟻大小事務，什麼做得做不得！」（卷之二第六回）

這裡雖然沒有涉及「臭漢」，但卻將「髒唐」說了個「不亦樂乎」。而且，這位淫蕩女子非常自豪地說，這些「髒唐臭漢」一類的事，對於那種開設客棧的人家，簡直更是司空見慣，小菜一碟。如此的「開放」，就是放在非常開

放的今天，也有點令人瞠乎其後。

以上乃貪淫好色的行為的歷史根據之「根據」，下面再看理論根據的「根據」何來。

清朝康熙年間，有一部小說名叫《珍珠舶》。書中寫一個半老徐娘的寡婦王氏，與兒子的結義哥哥勾搭成姦以後，生怕兒媳馮氏洩露春光，不得已，姦夫淫婦合計要拉無辜的媳婦下水。於是，這位恬不知恥的婆婆就對著兒媳進行了淫亂理論的期前教育。那也是一番開放到了極點的言辭：

> 一日偶然談起西廂故事，馮氏道：「崔鶯是個失節之女，說他甚的。」王氏變色道：「男女之間大欲存焉，你看世上婦人，那不失節者能得幾個。只要擇人相處，不致淫濫也就勾了。那個馬兒不吃草，這樣滿話是說不盡的。」馮氏低著頭，便不做聲。（卷一第二回）

就這樣，王氏的兒媳馮氏終於被婆婆教育成功，婆媳二人共同「服侍」同一名貪淫好色的男子。

講到這裡，筆者實在有點擔心某些極其「愛紅」的紅學家們會指斥在下。怎麼將那些骯髒不堪的東西與偉大的《紅樓夢》扯到一起，甚至還有點將這些擬話本小說的作者說成是曹雪芹「師父」的嫌疑。真真是太不像話了！

如果說我不像話，我還要說出更不像的「話」。是的，這些作家就是曹雪芹的老師，這些擬話本小說就是曹雪芹創作的源頭之一，這些亂七八糟的「歷史根據」和「理論根據」就是《紅樓夢》中賈蓉和老祖宗根據的「根據」。

毫無疑問，《紅樓夢》是靈芝，但它卻與糞土脫不了干係。

當然，靈芝不同於糞土，糞土也不等於靈芝。

那麼，二者之間的關係如何呢？

靈芝從糞土中吸收養料，然後不顧糞土徑直朝上長去。

賈蓉和老祖宗的歷史根據和理論根據，正是《紅樓夢》在將「人慾」昇華為「人情」的時候留下的痕跡與渣滓。

因為這樣可以讓人們知道，靈芝雖美，也是從糞土中長出來的。

曹雪芹好像沒有避諱這一點。

既然如此，我們後人為什麼要幫他避諱呢？

從「偷丫鬟」到「經濟嫖」

舊時的富貴人家子弟，往往兩極分化。至為優秀者，用心讀書，然後應試，然後做官，從而建功立業，光宗耀祖，《紅樓夢》中的賈蘭是其代表。然而，這種優秀子弟在富貴人家畢竟是鳳毛麟角，更多的「富二代」「官二代」則是放浪成性，不務正業，在外吃喝嫖賭，在家淫亂侍婢。就如《紅樓夢》中的賈璉、賈珍、賈蓉這樣的紈絝子弟，在中國古代的戲曲小說作品中可謂層出不窮，而他們吃喝玩樂的本領也是「花樣翻新」，甚至令人瞠目結舌。譬如書中寫到賈璉的「德性」，就用了這麼一句話：所謂「妻不如妾，妾不如偷」。（第四十四回）

「妻不如妾，妾不如偷」，其實是兩個層次的問題。我們先看那些「多情」的無聊文人是怎樣解釋「妻不如妾」的。

《宦海鐘》一書的「緣起」中，寫一「誕叟」對此問題大發議論：「俗諺有『妻不如妾』之說，難道這妾之色必勝於妻？因為這妾總是自己納的，或出自青樓，或拔自青衣，或選自小家碧玉。這其間也還有個分別，大約青樓為最，青衣次之，小家碧玉又次之。這是什麼緣故呢？緣青樓必彼此相交已深，那情已纏綿固結於先，然後訂這百年之約，故其好最篤。青衣、碧玉又隔一層。」

如果說誕叟這話還有點「情感」因素在其中的話，那麼，更多的公子王孫在妻、妾、婢、妓之間具有「選擇性」的言語和行為就更加令人瞠乎其後了。

賈璉有一個「後裔」，是晚清一部小說中的一位名叫劉浩的相府三公子，他直接指出《紅樓夢》中評價賈璉的那句話出自《嫖經》。請看劉公子的精彩

言論：

> 劉公子道：「諸兄不知，我兄弟《聖經》卻一句記不清，嫖經是通本背的，上面有兩句道得好：『妻不如妾，妾不如婢。』婢的好處，真不可言語形容呢！」（《蘭花夢奇傳》第五回）

其實，劉三公子的這種說法不過是「殘本」，這種思想的完整表達我們可以從下面這位姓朱的公子那兒找到「全本」：

> 只是這朱公子自小曾讀嫖經，那嫖經上說妻不如妾，妾不如婢，婢不如妓，妓不如偷。把這個偷字看得十分有趣。他把家中妾婢俱已用過，這妓不必言之。把這偷之一字，便心心念念的做著，也被他偷了許多。（《歡喜冤家》第二十一回）

你看他，玩弄女性居然有如此的講究，甚至上升到理論高度。而他這一套理論，其實是以尋求刺激為基礎的。而這種「刺激」的前提就是「非正式」，就是「不屬於」。在那些公子哥兒看來，凡是非正式的不屬於自己的東西，一旦得到，會感到分外愜意。女人也是如此，因為在公子們的心目中，漂亮的女人不過是「尤物」，而尤物也就是「好東西」的意思。這樣一來，那些紈絝子弟往往就將「偷丫鬟」看成一件極大的「趣事」，甚至有人總結出「偷丫環十景」。當然，這種總結本身就帶有一定程度的諷刺意味：

> 世上傳有偷丫環十景說得最妙道：「野狐聽冰。老僧入定。金蟬脫殼。滄浪濯足。回龍顧祖。漁翁撒網。伯牙撫琴。啞子廝打。瞎貓偷雞。放炮回營。」看官，你道這十景各有次序。始初「野狐聽冰」者，那比如冬天河水結冰，客商要在冰上行走，先要看野狐腳蹤，方才依那狐腳而走，萬無一失。蓋野狐之性極疑，一邊在冰上走，將耳細細聽著冰下，若下面稍有響聲，便不敢走。所以那偷丫環的先審察妻子睡熟也不睡熟；若果睡熟了，輕輕披衣而起，坐將起來，就如老僧打坐一般，坐了一會，方才揭開那被，將身子鑽將出來，是名「金蟬脫殼」。然後坐在床上，將兩足垂下，是名「滄浪濯足」。「滄浪濯足」之後，還恐怕妻子忽然睡醒，還要回轉頭來探聽消息，是名「回龍顧祖」。黑地摸天，用兩手相探而前，如「漁翁撒網」相似。不知那丫環睡在頭東頭西，如「伯牙撫琴」一般。鑽入丫環被內，扯扯拽拽，是名「啞子廝打」。廝打之後，則「瞎貓偷雞」，死不放矣。事完而歸，只得假坐於馬桶之上，以出恭為名，是

名「放炮回營」。(《西湖二集·俠女散財殉節》)

當然，有的時候，某些小說作者為了表現這種「偷丫鬟」的行為的合理性，往往會異想天開地塑造出一位自身不能生兒育女但心胸寬闊絕無醋意的「少奶奶」。這位賢惠到了極點的「少奶奶」居然會指揮或誘導丈夫去「偷」身邊的丫鬟。你如果不相信世上還有如此咄咄怪事的話，就請欣賞下面這段妻子給丈夫所上的關於「偷丫鬟情趣」的選修課：

> 朝相見妻子說的都是真語，便覺心中酸楚起來也，每每向軒把端英挑逗。端英亦知其意，遂取花箋拂了寫道：「失翅青鸞似困難，遇隨孤鶴過湖西。春風桃李空嗟怨，秋月笑蓉強護持。仙子自居蓬島境，漁郎慢想武陵溪。金鈴掛在花枝上，未許流鶯聲亂啼。」寫罷，黏於壁上。陸氏進軒閒話，偶抬頭見了此詩，已知丈夫挑逗未曾著手。出來見了朝相道：「你幾時曾與端英取笑來？」朝相道：「何曾？」陸氏笑曰：「他題詩先招成，你還要胡賴。」朝相曰：「詩意怎麼說？」陸氏念了一遍，道：「已是肯的。只要你再遲遲。」朝相曰：「何以見之？」陸氏說：『漁郎慢想武陵溪』，慢字，明說了。『未許流鶯聲亂啼』，未字已明說了。」朝相曰：「他若不肯，詩句怎樣回？」陸氏說：「滯貨，他若不肯，題個漁郎休想不許流鶯了。看你這般夯滯，只欠讀書。」(《歡喜冤家》第二十四回)

這位名叫朝相的公子真正該罵，因為他「欠讀書」，竟然連打情罵俏的詩歌都看不懂，無怪乎他多才的妻子要對他耳提面命了。其實，這種事情本不應由「賢妻」來教誨，一般都是「無師自通」的。如果實在碰到像陸氏的丈夫這樣的「滯貨」，也不要緊，因為這幫紈絝子弟有自己的教科書——《嫖經》。

其實，在本文所引的第一則資料中的劉三公子那兒，我們就已經「看」到了嫖經字樣。那麼，「嫖經」究竟是什麼呢？工具書對之有兩項「釋義」：1.關於嫖妓的理論或訣竅。2.指有關嫖妓的書。

其實，這兩項「釋義」是具有遞進關係的兩個層次。首先是在嫖客們之中口頭流傳的「關於嫖妓的理論或訣竅」的「說本」，然後，有人進一步將其系統化、理論化、書面化，於是就成為「有關嫖妓的書」，成為「文本」。說來好笑，原來「嫖經」的成書過程竟然與所有文學樣式的發展過程是一般無二的。

有了「嫖經」，嫖客便如虎添翼，或曰錦上添花。因此，對於花花公子們而言，「嫖經」就成為他們日常生活中不可或缺的重要教材。尤其是在他們尋花問柳的時候，「嫖經」就會成為他們的必然「話題」，甚至是「口頭禪」。聊看數例：

有一位灑銀公子，其父執掌朝綱，炙手可熱，而這位公子卻稟性愚頑，偏好臥柳吞花。有一次，灑銀公子被教坊女子張麗容推了一跤，於是，嫖客與鴇兒之間發生了以下對話：

> （淨）可惡，你那女兒不過是妓者，怎麼這等放肆，把我推這一交，就進去了？（老旦）公子不要惱，這是你的造化到了。（淨）怎麼造化到？敢是跌出來的造化？（老旦）咳，公子，你雖讀書，不曾看嫖經。（淨）嫖經上怎麼？（老旦）打情罵趣。（淨）果然。
> （明‧無名氏《霞箋記》第八齣《煙花巧賺》）

還有一位不學無術、眠花宿柳、陰險狡詐、下流無恥的鮮于佶先生，在參加了令人傷心喪氣的考試以後，居然「後怕」連連，作出了如下反省：「我想場中做文字時，心上慌得凶，不知寫了那一套嫖經，那一宗酒帳，鬼畫符一般。」（清‧阮大鋮《燕子箋》第十五齣《試窘》）

而日夜賭錢嫖妓的紈綺子弟戚友先在審美趣味發生轉換時，其感受竟然是：「嫖經收拾賦《桃夭》，且嘗新淡菜，莫厭舊蟶條。」（清‧李漁《風箏誤》第二十一齣《婚鬧》）

這些人茶餘飯後，所討論的重要問題，無非也是這類嫖界教科書：

> 這幾天的工夫，秋谷覺得酒食征逐，有些厭煩起來，便打著主意，要靜靜的休息幾天。那知剛剛吃過晚飯，坐在房內，余太守忽然跑了進來，談了一回，金觀察也來了，講些閒話，不覺又講到嫖經上去。講論起天津地方的那些倌人來，畢竟比不上上海的那班人物。（《九尾龜》第一百四十九回）

更有甚者，在「晚清」最晚的時候，在上海這樣一個「黃色」大染缸裏，不僅男人之間大談嫖經，就連某些「開風氣之先」的太太小姐們也對「嫖經玩訣」獨具媚眼：

> 只見周太太合費太太談得異常親熱，周太太交際場中果是老手，知道費太太喜嫖，看風使帆就專講那嫖經玩訣，費太太費小姐果然都聽得津津有味。（《十尾龜》第二十七回）

至於旁人對這些深諳「嫖經」者的評價，則基本是否定的：

　　大抵這些少年公子們，看曲本、讀嫖經的最多，融經貫史的甚少。再講到詩詞歌賦、四六古作，他做夢兒也不知道。（《綠野仙蹤》第六十五回）

　　人生世上，這「應酬」兩個字，本來是免不了的；爭奈這些人所講的應酬，與平常的應酬不同。所講的不是嫖經，便是賭局，花天酒地，鬧個不休，車水馬龍，日無暇晷。（《二十年目睹之怪現狀》第一回）

在以上所列舉的例證中，實際上已然涉及「嫖經」的某些具體內容，如「妻不如妾，妾不如婢，婢不如妓，妓不如偷」，如「打情罵趣」等等。那麼，「嫖經」中還有那些「教學內容」呢？答案是，有雅有俗，最低俗下流的幾幾乎不堪入目。我們這裡只能漸次列舉數例：

　　秋谷和他們議論了半天，不知不覺的又講起嫖經來。秋谷對他們說道：「嫖的一個字兒，全在要講資格，就同如今官場裏頭的吏部截取資体，挨次輪選，外官記算勞績，委署差缺的一般。有了資格的，到處不至吃虧；沒有資格的，就是有了錢也不中用。」（《九尾龜》第一百三十六回）

　　只見一個吏部侍郎姓陳聽見這些國公學士都在取笑，說道：「今日的和尚，到是個熟讀嫖經的。」眾官道：「怎見得？」陳侍郎道：「你不看見他得趣便抽身？」（《三寶太監西洋記通俗演義》第十三回）

　　《嫖經》上有四句道的好，正是：「十個婦人九好幹，總然肏死也情願。果能鏖戰稱他心，天下花娘隨手轉。」（《綠野仙蹤》第五十三回）

　　玉卿見師師醉興勃勃，淫心已動，扒起來跪在面前，忙叫親娘，把師師抱在一張禪椅上，輕解紅綃，早已淺抽玉塵。兩人俱是積年，玉卿精強力壯，內材養得十分豐銳，□□□□□□□□□照依《嫖經》上「九淺一深、磨按抓揉」之法，把這婦人□□□□□□□□不一次昏迷如醉，兩情相對，貫注不休。師師覺美不可言，忙叫：「哥哥有這等本事，我今生再不離開你了！」（《續金瓶梅》第二十回）

看到以上例證，足以讓人觸目驚心了。那些花花太歲們是怎樣運用極高的「心智」來體現著他們品格的低劣。然而，也有獨出心裁的嫖客，居然發明了一種方式，能做到「賺錢」與「消費」兩不誤——「經濟嫖」。而它的發明權應該歸於一位名叫崔祐的嫖客身邊的兩位幫閒篾片——薛禿子和劉耍子。請看他們的「專利」是這樣發明的：

> 極粗的人，也有悔心。鬧了幾番，也覺得嫖要費錢，鋪子裏又沒人照管，當不得個魏鶯，兩日不去，央人來抓。這兩個扛慣了嘴，要扛他去。一日，崔祐也沒及奈何道：「家裏嫂子說得是，鋪子裏沒個親人照管。」薛禿子道：「咱就做你親人，替哥管鋪子，一日只與咱幾個錢，勾養家罷。」劉耍子道：「真賢慧嫂子，咱到有一個計策，鶯姐想著你，一日不見要哭，你又不該離店。不若咱去請將鶯姐來，放在鋪子的樓上，樓上盡寬。一日拼繳裏他二錢銀子，不消五錢東道，也是個經濟嫖，極是兩便。」（《清夜鐘》第七回）

好一個「經濟嫖」，果然「極是兩便」。然而，它不過是一種較為特殊的「包二奶」的方式。今天，這種方式還有人重演。

其實，重演的又豈止於「經濟嫖」？上面講到的所有那些卑鄙齷齪的方式哪一樣在今天沒有重演？

那些小說作者們萬萬沒有想到，「嫖經」的一縷幽魂，居然可以貫串古今。

孔夫子也得寫八股文才能有名祿地位

在中國文化史上，應該說沒有人比孔夫子更出名了。但是，在中國古代小說史上，卻至少有兩類「人」對孔老夫子的權威提出挑戰。而這兩類人，又都是孔老夫子平生最不喜歡的——小人和女人。難道沒有聽過孔子說過「唯女子與小人為難養也」的話嗎？（《論語·陽貨》）

先看兩位「小人」。一個是市井中的梁裁縫，在與一個候補縣令的僕人謀劃怎樣讓主子早些放實缺的過程中，面對那位僕人的猶豫不決，這位縫紉師憤而說道：「老弟你看，如今的時勢就是孔聖人活過來，一板三眼的去做，也不過是個書呆子罷了。聽說你們老爺不是科甲，為什麼也會中這個書毒呢？」（《糊塗世界》卷之六）

這裡，將孔老夫子說成是書呆子，將孔子的學術說成是「書毒」。並且認為只有通過正途科甲出身的人才會中這個毒。這種說法，已經將孔子與孔學糟蹋的一塌糊塗了。

另一個就更為不堪了，那是一個叫做周介山的「明王八」。他的母親、妻子、妹妹全都是賣淫、偷情的好手，替他賺得一份大大的家私。於是，這位「十尾龜」就不知道天底下什麼叫做禮義廉恥了。不僅如此，他甚至還對「有恥」之人冷嘲熱諷，最後，當然罵到了「廉恥」的老祖宗孔夫子那兒。且看他的高論：

> 現在在世界做人，廉恥兩個字講究不得的。一講究廉恥就一世沒得發跡，廉恥是貧賤的根苗。街上頭來來往往的蹩腳生，都是講究廉恥，講究蹩腳的。孔夫子要算講究道理的了，幾曾見他掙過一個錢的家私？（《十尾龜》第十六回）

這簡直就是對孔學的閹割和褻瀆。當然，在作者陸士諤「罵世」的痛切言辭中，我們也不得不感覺到周介山這個烏龜王八蛋所說的實在是「片面的真理」，是那個畸形的時代培養出來的「畸形真理」。然而，對於孔老夫子而言，肯定就是打死他也不會承認這種「真理」的。

說罷「小人」，我們再看「女子」——《儒林外史》中的一位「女夫子」，她對孔老夫子的學術從另一個角度提出了異議。

我們不妨先瞭解一下這位女夫子是何等人物。

> 且他這個才女，又比尋常的才女不同。魯編修因無公子，就把女兒當作兒子，五六歲上請先生開蒙，就讀的是《四書》、《五經》；十一二歲就講書、讀文章，先把一部王守溪的稿子讀的滾瓜爛熟。教他做「破題」、「破承」、「起講」、「題比」、「中比」成篇。送先生的束脩。那先生督課，同男子一樣。這小姐資性又高、記心又好，到此時，王、唐、瞿、薛以及諸大家之文，歷科程墨，各省宗師考卷，肚裏記得三千餘篇。自己作出來的文章又理真法老，花團錦簇。魯編修每常歡道：「假若是個兒子，幾十個進士、狀元都中來了！」閒居無事，便和女兒談說：「八股文章若做的好，隨你做甚麼東西，要詩就詩，要賦就賦，都是『一鞭一條痕，一摑一掌血』。若是八股文章欠講究，任你做出甚麼來，都是野狐禪，邪魔外道。」
>
> （第十一回）

魯編修這話，其實有一個小小的漏洞。他說得太絕對了：「若是八股文章欠講究，任你做出甚麼來，都是野狐禪，邪魔外道。」那麼，請問魯編修先生，《論語》是不是「八股文章」？顯然不是。既然不是，豈不也成為「野狐禪，邪魔外道」了嗎？我想，魯編修是無法回答這個問題的。但下面有人居然敢於回答這個問題。我們暫且放下，回頭再看女夫子魯小姐。

這位八股迷的深閨豔質，其父給他招來一位名士蘧公孫為丈夫。一開始她很高興，因為丈夫在學術界很有名氣。但是，不久她就發現丈夫是個「水貨」名士，因為蘧公孫竟然敢面對賢妻送過去的八股文題目說：「我於此事不甚在行。況到尊府未經滿月，要做兩件雅事，這樣的俗事，還不耐煩做哩！」

想不到，蘧公孫的真情表白可是捅了馬蜂窩。從此，他可就威風掃地了。

　　從此啾啾唧唧，小姐心裏納悶。但說到舉業上，公孫總不招
攬。勸的緊了，反說小姐俗氣。小姐越發悶上加悶，整日眉頭不
展。夫人知道，走來勸女兒道：「我兒，你不要恁般呆氣。我看新姑
爺人物已是十分了。況你爹原愛他是個少年名士。」小姐道：「母
親，自古及今，幾曾看見不會中進士的人，可以叫做個名士的？」
說著，越要惱怒起來。（同上）

在當時，要中進士必須做參加科舉考試，要想科場得意，必須做好八股文。
因此，魯小姐的話完全可以理解為：幾曾看見不會做八股文的人，可以叫做
個名士的？按照魯小姐的理論，孔夫子也不能算作名士，因為孔夫子也不會
做八股文。她的觀點，與她的父親魯編修如出一轍。

　　可憐孔夫子，如果活到明清時代，一定是大為光火的。他那些自以為「正
宗」的後裔，居然有意無意之間將他開除出「名士」的行列，並認為他的著作
可能是「邪魔外道野狐禪」。這比那種市井小人罵自己為書呆子，將自己千辛
萬苦撰成的經書說成是「書毒」更為可惡！

　　但還有更嚴重的。孔夫子的孝子賢孫中居然有人認為孔夫子如果不搞八
股文將會失業，將會砸掉飯碗，將會沒有飯吃！

　　說這話的還是《儒林外史》中的儒林中人，他叫馬純上，人稱馬二先生。
而聆聽馬二先生教誨的還是那位倒楣的蘧公孫名士。

　　　　「到本朝用文章取士，這是極好的法則，就是夫子在而今，也
　　要念文章、做舉業，斷不講那『言寡尤，行寡悔』的話。何也？就
　　日日講究「言寡尤、行寡悔」，那個給你官做？孔子的道也就不行
　　了。」一席話，說得蘧公孫如夢方醒。（第十三回）

這真是跨時代的奇談怪論！孔夫子不做八股文居然沒有飯吃。但在某種上
講，這種說法還是很有道理的。在那樣的時代，就是孔夫子再世，你不做八
股文、不參加科舉考試，你能幹什麼？除非你不習儒業，除非你棄儒經商去
下海，除非你棄儒為盜上梁山。但孔夫子能做得到嗎？

　　當然，還有一種情況，那就是在科舉場中實在混不到終點的話，通過一
條狹窄的捷徑進入官場，混一個「鐵飯碗」。這條捷徑就是「出貢」，當一名
貢生。

　　那麼，什麼叫做「貢生」？貢生與秀才相比有什麼好處呢？

　　所謂貢生，包括「歲貢」、「恩貢」、「拔貢」、「優貢」、「副貢」、「例貢」六

種。其中，「歲貢」亦稱「挨貢」，是各省每年向中央選送的貢士。秀才「進學」後，一般要十年以後才有選送資格。「恩貢」指皇帝特別恩賜的貢生。「拔貢」又稱「選貢」，始於明代，是從院試考取的生員中選拔文行兼優者貢入大學。「優貢」則是從各府、州、縣學中選出的文行兼優者。「副貢」是將鄉試中由於名額限制未被錄取而又文理優長者取作副榜，貢入太學。「例貢」即捐資入貢者。取得貢生資格以後，可以直接當官。對此，國家有明文規定：「外官推官、知縣及學官，由舉人、貢生選。」（《明史》卷七十一）六貢之中，例貢因為是花錢買來的，往往被士林中人瞧不起。其他「五貢」，與舉人、進士出身者一樣被視為正途。

明清兩代，弄到個貢生也是一件了不得的事，因為貢生可以當官，他就是老爺了。且看明代擬話本小說《石點頭》中的描寫：「吾愛陶不能得中，把這股英銳之氣銷磨盡了。那時只把本分歲貢前程，也當春風一度。他自髫年入泮，直至五十之外，方才得貢。出了學門，府裏俱送旗扁，門庭好生熱鬧。」（卷八《貪婪漢六院賣風流》）

在中國古代小說作家中，也有不少人都是因為考不上舉人而以貢生身份去當官養家活口的，吳承恩、馮夢龍、凌濛初均乃如此。而蒲松齡則更倒楣，因為他得到貢生時，已經七十二歲，根據當時七十而致仕（退休）的規定，他雖有做官資格卻過了退休年齡，不用說，官是當不成了。

貢生雖然被視作正途，也可以當官出人頭地，但在鐵杆科舉迷、八股迷的心目中，他仍然是不能體現自身「學術成就」的。在他們看來，要想真正實現自我價值，必須把八股寫到底，把科舉考到底，非進士出身的讀書人終究不是真正的功德圓滿，終究不算修成正果。謂予不信，請看下面這一位：

　　　　鮮于同自三十歲上讓貢起，一連讓了八遍，到四十六歲兀自沉埋於泮水之中，馳逐於青衿之隊。也有人笑他的，也有人憐他的，又有人勸他的。那笑他的他也不睬，憐他的他也不受，只有那勸他的，他就勃然發怒起來道：「你勸我就貢，止無過道俺年長，不能個科第了。卻不知龍頭屬於老成，梁皓八十二歲中了狀元，也替天下有骨氣肯讀書的男子爭氣。俺若情願小就時，三十歲上就了，肯用力鑽刺，少不得做個府佐縣正，昧著心田做去，盡可榮身肥家。只是如今是個科目的世界，假如孔夫子不得科第，誰說他胸中才學？若是三家村一個小孩子，粗粗裏記得幾篇爛舊時文，遇了個盲試官，

亂圈亂點，睡夢裏偷得個進士到手，一般有人拜門生，稱老師，譚
天說地，誰敢出個題目，將帶紗帽的再考他一考麼？」（《警世通言·
老門生三世報恩》）

這其中，有一句話是相對真理：「只是如今是個科目的世界，假如孔夫子不得
科第，誰說他胸中才學？」是呀，在那麼一個科舉世界裏，孔夫子如果不做
八股文、不得科第，誰承認他有真才實學呀？

可憐的孔夫子，在他老人家壽終正寢幾千年之後，居然還被他學生的學
生的學生的學生……拿來作為箭剁進行環射。你看那一枝枝利箭呀！

孔夫子不做八股文不算名士！

孔夫子不做八股文沒有飯吃！

孔夫子不做八股文沒有才學！

為什麼？

因為八股文以外的文章都是邪魔外道野狐禪！

可憐的孔夫子，可憐的八股文，可憐的科舉制，可憐的中國古代知識
分子！

還有什麼可憐的嗎？有！八股文的兒子、孫子和種子。

「不淫人妻子必有好報」的背後

　　為了更好地做好這個題目，筆者先講兩個與題目相反的故事：「淫人妻女必遭報應」。

　　故事之一：有一部擬話本小說集叫做《貪欣誤》，其中有一個題為「李生、徐子」的故事，而關於李生故事的小標題是「狂妄終陰籍」。那麼，這位名叫李登的書生之「狂妄」主要體現在哪個方面呢？答曰：輕薄、貪淫、玩弄女性。這一回書的前半部分一連寫了幾個關於李生淫人妻女的故事以後，有一段文字揭示了這位登徒子的可悲結局——失去功名富貴。且看：

　　　　那李生專貪色慾，本領日疏，屢上公車，再不登榜。聞葉淨法師能伏章，知人禍福，甚悉纖毫。李生齋沐謁法師壇中，說道：「余年十八，首登鄉薦，凡今四舉，不得一第，未識何故，求師入冥勘之。」法師唯唯，特為上章於掌文昌職貢舉司祿之官而叩焉。有一吏持籍示法師，內云：「李登初生時，賜以玉印，十八歲魁鄉薦，十九歲作狀元，三十三歲位至右相。緣得舉後，窺鄰女張燕娘，雖不成奸，累其父入獄，以此罪，展十年，降第二甲。後長安旅中，又淫一良人婦鄭氏，成其夫罪，又展十年，降第三甲。後又姦鄰居王驥女慶娘，為惡不悛，已削去籍矣。」法師趨歸語登。登聞之毛骨竦然，惶恐無以自容，終朝愧悔而死。（第六回）

故事之二：另一部擬話本小說集《珍珠舶》，其中有一回寫到張祐與金宣兩個書生去參加會試。考完以後，金生做了一個夢：

　　　　夢入一個所在，宮殿巍峨，往來人雜。忽聽得鼓樂喧填，徙西而至。向前看時，卻是一班人役，俱是色服披紅，帽上簪花兩朵。

那吹打的在前引道，隨後十餘人，手中都執黃旗一面。又有兩個抬著牌區一座，到了殿前一齊放下。金生慌忙挨入眾人隊裏。看那區上書著「進士第」三個大字。前後又有兩行細字云：監察御史黃恂為會試中式七十一名張祐立。金生看了不勝嗟異道：「原來張年兄，已成進士，不知我金集之也曾得中否？」正在躊躇之際，又見一人皂衣紗帽提鞭驟馬而來。向著眾人說道：「奉有玉旨，那張祐在京曾經姦污閨女，罪應褫革。敕令改與同籍金宣。」遂喚從者，捧過筆硯，將張祐除去，換上金宣二字。眾人隨即起身，照前吹打，向東而去。金生大喜。（卷二第二回）

看到李登、張祐的可悲結局，使我想起了在十幾歲的少年時代，祖父給我講的一個故事。

一位書生進京趕考途中，夜宿某人家。主人雖有眾多妻妾，卻沒有一男半女，見書生長得一表人才，於是，派身邊一個長得最漂亮的小妾去找書生「借種」。深夜，那美妾對書生百般引誘，書生卻巋然不動。美妾怕書生有顧慮，拿出主人寫的「手令」，那張小紙條上寫著五個字：「欲覓人間種。」美妾的意思是說，我乃奉命行事，同時也就明確告訴書生，這件事是絕對安全的。誰知書生仍然不為所動。美妾實在沒有辦法，就對書生說：你不肯幹這種事，倒是很撇清，但我回去無法向我家員外交代。書生見她這樣說，就接過員外的「手令」，在旁邊批了一個「對句」，當然也是五個字：「難欺天上神。」隨即，將那女子推出門去。

有相當長的一個時間，我有兩點疑問縈繞於胸：第一，祖父為什麼要對我一個十幾歲的少年講這麼一個「桃色」的故事？第二，他老人家這個故事是從哪裏來的？

我的祖父是一位「讀老書」的，據說他有一位先生是晚清的舉人，其他的幾位先生也是秀才什麼的。我祖父本人在民國年間也教過私塾，對於中國傳統文化，他堪稱是一位真正的「博士」。在十多歲的時候，他就已經將四書五經讀了個滾瓜爛熟，後來又讀唐詩宋詞什麼的，也能背誦幾百上千首。但直覺告訴我，他老人家給我講的這個故事絕非出自四書五經或唐詩宋詞。

直到祖父去世多年以後，我才漸次弄清上面兩個問題。當我在高校教書並獲得高級職稱的時候，為了講好「中國古代小說史」這門選修課，發誓要盡量多地閱讀小說原著，於是，在一部擬話本小說集中讀到了祖父給我講的

那個故事。原來這個故事的主人公乃是明代鼎鼎大名的王陽明的父親王華。
且看這段文本：

> 我朝如陽明先生父親王華，少年時在一富家投宿。其家富有十
> 萬，並無子嗣，姬妾甚多，他見王華青年美貌，將一妾私欲他度
> 種。故意留飲留宿。至夜靜，富翁令一美貌愛妾，去陪他歇宿。其
> 妾報容，恐不好啟齒。富翁寫幾個字兒，與妾帶去。「他若問時，將
> 與他看，自然留汝宿也。」妾領其命，欣然而往。……那妾向袖中
> 取出那幾個字兒，走過來送與王華。他向燈下一看，寫的五個字是
> 「欲覓人間種」。王華會意道：「豈有此理！」即持筆寫於末後道：
> 「難欺天上神。」道：「小娘子，已有回字了。請回罷。」那妾起了
> 此心，慾火難禁，況見他青年美質，又是主人著他如此，大了膽，
> 走到身邊摟抱。王華恐亂了主意，往外一跑。其妾將燈四照，那裡
> 見他，便睡在他床中，半夜眼也不合，那裡等得他來。至五鼓，歎
> 一口氣，竟自回了主人。王華次早不別而行，後來再不在人家歇宿，
> 一意讀書，後來秋闈得意。至成化十七年，辛丑科，聖上修齋設醮，
> 道士伏地朝天，許久不起來，至未牌方醒；聖上問道「道士為何許
> 久方起？」道士奏曰：「臣往天門經過，見迎新狀元，故此遲留。」
> 聖上問：「狀元姓甚名誰？」道士奏曰：「姓名不知，只見馬前二面
> 紅旗，上寫一聯云：欲覓人間種，難欺天上神。」聖上置之不問，
> 後殿試傳臚王華第一，聖上試之，寫「欲覓人間種」，道：「此一對
> 卿可對之？」狀元對曰：「難欺天上神。」聖上大悅道：「此二句有
> 何緣故？」王華把富翁妾事一一奏聞。聖上嘉之。（《歡喜冤家》第
> 十八回）

其實，這個故事並非擬話本小說作者之首創。早在明末出版的《皇明大儒
王陽明先生出身靖難錄》中，就已有了王陽明父親王華號龍山公者的這段
軼事：

> 有富室聞龍山公名，迎至家園館穀。忽一夜，有美姬造其館。
> 華驚避。美姬曰：「勿相訝，我乃主人之妾也。因主人無子，欲借種
> 於郎君耳。」公曰：「蒙主人厚意留此，豈可為此不肖之事。」姬即
> 於袖中出一扇曰：「此主人之命也。郎君但看扇頭字當知之。」公視
> 扇面，果主人親筆，書五字曰：「欲借人間種。」公援筆添五字於後

曰：「恐驚天上神。」屬色拒之，姬悵悵而去。公既中鄉榜，明年會
試。前富室主人延一高真設醮祈嗣。高真伏壇，遂睡去。久而未起。
既醒，主人問其故，高真曰：「適夢捧章至三天門，遇天上迎狀元榜，
久乃得達，故遲遲耳。」主人問狀元為誰。高真曰：「不知姓名，但
馬前有旗二面，旗上書一聯云『欲借人間種，恐驚天上神』。」主人
默然大駭，時成化十七年辛丑之春也。未幾，會試報至，公果狀元
及第。（《中華孤本小說·三教偶拈》）

這一下，我少年時代的兩個疑問都得以解決。第一，祖父給我講這個「桃
色」故事，原來是為了對我進行傳統教育。因為那時我恰逢血氣方剛的少年
時期，對男女之間的事也是半懂不懂。這種年齡最是危險，弄得不好，就會
掉進黃色陷阱或情感漩渦。或者壞了心德，落得個像李登那樣的可悲結局。
要知道，酷愛讀書的祖父對我這個同樣酷愛讀書的小孫子是抱著極大希望
的。於是，讀老書的祖父對我及時進行這一番教育，雖然有點老套，其實還
是有作用的。因為這個故事告訴了我在男女關係問題上的道德底線——慕色
可恕，貪淫難容。尤其是對別人的女人，是不能心存邪念的。第二，這個故
事果然不是出自四書五經或唐詩宋詞，而是市井間的話本小說。可見，廣大
的、普通的民眾，也如同聖人、賢人、文化人一樣，有自己為人處世的道德
規範。

其實，中國古代小說中這種有關教化的內容很是不少，那些民間說書藝
人或通俗小說家們每當涉及這種倫理道德問題的時候，甚至比聖人、賢人、
文化人更加纏綿、更加嘮叨。可不！就在這「欲覓人間種，難欺天上神」的故
事的後面，小說作者又給我們講述了另一個抗拒非分女色的故事：

一個窮人喚名史溫，是江陰縣廿三都當差的。本都有一個史官
童，為二丁抽一的事，在金山衛充軍。在籍已絕，行原籍忽補史溫，
與史官童同姓不親的，里長要去詐些銀子使用。他是窮人，那裡有。
里長便卸過來動了呈子，批在兵房徐晞承應。那史溫急了，來見徐
晞，要他周全。徐晞見他相求，便道：「既是同姓不親，與你何干？
你自當據理動呈，自然幫襯。」史溫謝了，歸家……看了妻子道：
「做你不著，除非如此如此。若還把我夫妻二人，解到金山衛中，
性命也是難逃。」妻子應承。到次早到縣裏動了呈子，接徐晞到家
坐下。妻子整治已完，擺將出來，二人對飲。晞已醉辭歸，史溫道：

「徐相公，我有薄意送你，在一朋友處借的，約我如今去拿，一來一去，有十里路程，你寬心一坐，好歹等我回來。」說罷把門反扣上，竟自去了。不移時，走出一個婦人來，年紀未上三十歲，且自生得標緻，上前道個萬福，驚得徐晞慌忙答禮。那婦人笑吟吟走到身邊道：「相公，莫怪，不是借銀子，因無處措辦，著奴家陪宿一宵，盡一個禮，丈夫避去，今晚不回了。」徐晞聽罷，心中不忍聞，立起身道：「豈有此禮，沒有得與我罷了，怎生幹這樣的事。」竟去扯門，見是反扣的，盡力扯脫了扣，開門一竟去了。……只因他一點念頭，後來進京在工部當差，該著實能幹，恰值著九卿舉薦人材，大堂上薦了他，就授了兵部武庫司主事。任部數年，轉至郎中，實心任事，暗練邊防；宣德十九年朝議會，推他為兵部右侍郎都察院右僉都御史，巡撫甘肅等處地方。從來三考出身，那有這般顯耀。只因不犯邪色，直做到二品。（同上）

與上一個故事相比，這個故事稍有不同。上一個故事是「借種」，這一個故事則是「報恩」。因此，這一個故事中的主人公徐晞其品德更加難能可貴。因為他並非單純的抗拒美色誘惑，而且還兼有施恩不圖報的更為高尚的一面。也正因如此，這個故事在擬話本小說中傳播得更為廣泛。可不？另一部擬話本小說集也對之進行了生動的描寫，且看最核心的一段：

這婦人向前萬福了，走到徐外郎身邊。看他也是不得已的，臉上通紅，言語羞縮，說不出來。一會道：「妾夫婦蒙相公厚恩，實是家寒，無可報答，剩有一身，願伏侍相公。」徐外郎頭也不抬，道：「娘子，你是冤枉事，我也不過執法任理。原不曾有私於你，錢也不要，還敢污蔑你麼？」言罷起身，婦人一把扯住道：「相公，我夫婦若被勾補，這身也不知喪在那裡。今日之身，原也是相公之身。」徐外郎道：「娘子，私通苟合，上有天誅，下有人議。若我今日雖保得你一身，卻使你作失節之人，終為你累。你道報德，因你我虧了心，反是敗我德了。」婦人道：「這出丈夫之意，相公不妨俯從。不然，恐丈夫嗔我不能伏侍相公。」徐外郎道：「這斷不可，我只為你就行罷了。」忙把門拽，門是扣上的，著力一拽才開，連道：「娘子放心，我便為你出文書。」趕了回來。（《型世言》第三十一回）

其實，在中國古代小說的人物畫廊中，像徐外郎徐晞這樣的好人並非絕無僅有，我們不妨再看另一部擬話本小說中另一個徐外郎式的人物——商提控，他的為人行事與徐晞幾幾乎一般無二：

> 嚴州府一個人姓吉，排行第二，被仇家誣陷。那仇家廣有勢力，上下都用了錢財，將吉二下在牢裏，要置之死地。商提控憐吉二無辜，一力扶持出來，保全了性命。……一日，商提控從吉二門首走過，吉二一把拖住商提控衣袖再不肯放，邀到家裏坐地吃茶，商提控苦辭不要。怎當得吉二抵死相留，吉二一邊走去買些酒肴回來，叫妻子孫氏整治。那孫氏頗有幾分顏色，吉二又手不離方寸，對孫氏說道：「我感商提控之恩，無力可報。今日難得大恩人到此，我要出妻獻子，將他飲到夜深時分，你可出去陪宿一宵，以報他救我性命之恩，休嫌羞恥則個。」孫氏只得應允，安排酒肴端正。吉二搬將出來，請商提控吃。商提控甚是過意不去，一杯兩盞，漸漸飲到夜深時分。吉二託說出去沽酒，閃身出外，再不回來。商提控獨自一個卻待起身，只見門背後閃出那個如花似玉的孫氏來，深深道個「萬福」。商提控吃了一驚，孫氏便開口道：「妾夫感恩，無地可報。今日難得大恩人到此，妾夫情願出妻獻子，叫奴家特地出來勸提控一杯酒，休嫌奴家醜陋則個。」說罷便走將過來斟酒。商提控驚慌，急急抽身出外而去。……三日之後，（商提控）夫妻二人都夢見本府城隍之神對他說道：「子累積陰功，廣行方便，上帝命我賜汝貴子，以大汝門戶。」就把手中一個孩兒送與他夫妻二人，遂騰雲而去。從此妻子懷孕，生下商輅。……宣德十年乙卯中解元，那時只得二十二歲。……正統十年乙丑會試中會元，廷試狀元及第，那時年三十二歲，官拜翰林之職，後來他父母都受了誥命，真是陰德之報。（《西湖二集》第十八卷）

在上述那些故事中，為了「借種」或者「報恩」而向男人「求歡」的女子，其實在某種意義上是可以原諒的。因為她們都不過是作為自己丈夫的工具而向別的男人展示異性的風采，說到底，對她們「無恥」行為負責的首先不是她們本人，而是她們的丈夫。然而，大千世界無奇不有。除了「借種」和「報恩」而外，還有一種在男人面前獻媚的女子，其目的不過是為了「堵口」，塞住知情者告狀或者洩露的嘴巴。晚清小說《宦海鐘》（一名《轎杌萃編》）第一

回的結末到第二回的開始，就講述了這麼一個故事。有一位老爺的姨太太楊姨娘與俊僕偷情，被他們家的西席——家庭教師看到，並且還拾到楊姨娘掉下的金茉莉針。楊姨娘一看大事不好，為了「堵口」，夜裏就跑到西席先生的房間裏自薦枕席，做出種種醜態。而這位西席賈端甫先生差一點就給她俘虜了，可貴在他轉念一想，終於作出了「拒腐蝕永不沾」的姿態，從而也博得個「坐懷不亂」的美名。當時場景如下：

> 卻說揚姨娘在那書房裏頭，玉體橫陳，春情蕩漾，賈端甫同她正在難解難分之際，忽然心裏想道：「這楊姨娘今天是因為我撞見了他同毛升兩人的私情，才拿這身體來塞我的嘴的。並不是貪愛我的才貌，同我有什麼厚意深情，那是不可靠的。毛升同他卻是多年的交情，曉得她又同我搭上了，那有個不吃醋的道理？萬一同我為難起來，他是個家人，沒有什麼要緊，我是個秀才，又是個處館的，這種聲名傳出去，那還再有人請教麼？而且到那時候這楊姨娘必定為護者他，那龍老頭兒是個甚明白的人，我還要吃點眼前虧都未可知，不如現在忍一忍欲念，將來被人家曉得，我還可以落得個夜拒奔女的美名，何苦貪戀她這一息息的歡娛呢？」想定主意，就站起身來，把褲子繫好，走到那書案面前的椅子上坐著。這楊姨娘還當他有什麼過門拜候的毛病，在那榻床上嬌聲浪氣的喊道：「我的乖乖，你怎麼的？把老娘弄的這個樣子，你倒跑掉了，快來罷！」只聽見那賈端甫正言屬色的說道：「我一個聖賢子弟，幾乎被你這浪貨所誤。我同你家老爺是多年賓主，你的兒子、女兒都是我的學生，你怎好這麼無恥呢？我是個頂天立地的男子，不比那些奴顏婢膝的家人，你拿我當作什麼樣的人看待？還不快替我滾出去！」楊姨娘聽見這話。真如雷轟電掣一般，又氣又驚，正要同他辯駁兩句，只聽這賈端甫一疊連聲的催著走。楊姨娘只得套了褲子，掩了胸襟，揩著眼淚，爬下炕來，還想同賈端甫說兩句情話，聽那賈端甫催著走的聲音愈喊愈高，楊姨娘恐怕被人聽見，只得恨恨而去。

> （第二回）

這位賈端甫的先生的表演雖然精彩，但總給人以做戲的感覺，不像以上幾位那樣發自內心。當然，我們也沒有過分指責賈端甫的必要。畢竟在那樣的環境中，一位寄人籬下的西席有這種懼禍自保的心理和行為，也是正常不過的。

就是那位楊姨娘，其實也是可憐。給人做妾，丈夫在男女問題上只能敷衍了事。長時間的性饑渴，使她勾上俊僕，不料又被西席夫子發現。不得已捨身堵口，又遭「正人君子」的一頓責罵和作踐。如此女子，其實也有幾分可憐。但，正常也罷，可憐也罷，楊姨娘和賈端甫這一對男女較之上面講到的那幾位，總給人一點厚顏無恥的感覺。

綜合以上所言，那些美麗的女子「求歡」於正直的男人，都是有某種「原因」或「目的」的，而這些男人在抵抗這種美色的誘惑同時，也使自己的高尚道德得到一次綜合體現：或施恩不圖報，或不淫人妻妾，最低也要弄個避禍自保。那麼，降低一點標準，在不需要承擔任何「道德風險」的前提下，送上門的美色是否可以「笑納」呢？或者換句話說，上門勾引男子的美女既非有夫之婦，又在求愛以外沒有諸如「借種」「報恩」「堵口」之類的附加條件，這樣「純情」的美女，孤身男人是否可以接受？中國古代小說給我們的答案是：同樣不可以。

有一篇擬話本小說寫了這樣一個故事：有一位名叫陸德秀的秀才，他幼時的乳母王媽媽夫妻老兩口給一顧姓人家看守一個大花園。大花園旁邊有一名叫張大者，妻子亡故，一女名春姐。因張大長年在外打工，只好將春姐過繼給王媽媽。陸德秀十六歲那年，在乳母王媽媽看管的花園中借住複習功課。因德秀一表人才，春姐愛慕在心，居然在一個夜晚對才郎進行了挑逗引誘，不料遭到德秀拒絕，春姐又氣又羞。德秀於次日搬離花園以迴避之，但為了維護女孩兒顏面，未向任何人提及此事。後來，德秀朋友潘再安亦借居此園，與春姐勾搭成姦。那年科考，潘再安本中舉人，因神靈知道他「做了虧心事」，就將舉人換給陸德秀了。再後來，德秀當了大官，而春姐則被潘再安騙賣淪落煙花。在一次酒宴中，德秀與春姐邂逅相逢，德秀看在乳母面上，幫助春姐贖身從良。這個故事中也有一個相當精彩的德秀拒春姐的片斷：

> 德秀方欲睡去，忽耳邊有彈門之聲，便問何人。外邊低低的應道：「是我，送一杯茶在此。」德秀聽是春姐聲音，便道。「我已睡了，不用茶了。」外邊又道：「相公開了門，還有一句話要與相公說，莫負奴的來意。」其聲婉轉動人。德秀不覺欲心頓動，暗想道：「讀書人往往有幹風流事的，況他來就我，不是我去求他，開他進來何妨？」遂坐起披衣。才走下床，只見月色照在窗上，皎亮猶如白日，

> 忽然猛省道：「萬惡淫為首！今夜一涉苟且，污己污人，終身莫贖。」
> 把一團慾火化作冰炭，縮住了腳，依舊上床睡下。春姐伏在門上，
> 聽見德秀披衣起身，走下床來，只道就來開門，心中大喜。側耳再
> 聽，門不來開，依舊上床去睡了，一時發極起來，便道：「相公如何
> 不來開門，反又安寢？」德秀道：「你想，我是孤男，你是寡女，暮
> 夜相見，必被旁人談論，所以不開門了。」春姐道：「不過你我兩人，
> 有誰知道？」德秀道：「人縱瞞了，天是瞞不過的，你去罷。」春姐
> 再求開門，德秀假妝睡著，只做不聽見了。春姐淫心如火，等了一
> 回，見裏邊全無聲息，只得恨恨回房，又氣又羞，頓足歎道：「天下
> 有這樣呆子，湊口饅頭不要吃的。」（《娛目醒心編》卷九）

這裡，我覺得應該修正我前面一句不太準確的話。我說德秀這種行為較之王
華等人是「降低一點標準」，其實不然，應該說是「抬高一點標準」才是。因
為，德秀故事中的春姐並非有夫之婦，也對德秀沒有別的附加要求，只是求
愛而已。這種未婚女子向未婚男子的求愛，如果放在今天，能夠拒絕者恐怕
只有用「鳳毛麟角」來形容了。就是在舊時代，能夠拒絕者也殊為少見。因
為歷朝歷代，做才子的能有幾個不風流？何況並不需要承擔多少責任和風
險？正如書中德秀自己所「暗想」的那樣：「讀書人往往有幹風流事的，況他
來就我，不是我去求他，開他進來何妨？」因此，這種抗拒美色的難度較之
王華等人應該說是更大。那麼，進而言之，德秀抗拒美色的內在精神支柱是
什麼呢？按照書中所寫，乃是皎潔的月光和抽象的信條：「萬惡淫為首！」於
是，面對皎潔的月光，這位少年的靈魂得到一次淨化；想起抽象的信條，這
位少年的心靈得到一次自牧。於是，他「把一團慾火化作冰炭，縮住了腳，
依舊上床睡下。」然而，這種描寫真實嗎？符合一般人的心理嗎？尤其是符
合一個血氣方剛的年輕人的正常心理嗎？或許，現代讀者的回答是否定的。
但是，當時的作者和讀者都相信它是可以肯定的。於是，這個故事就這樣流
傳了下來。

　　但我總覺得這種描寫有點簡單化。

　　那麼，是否所有描寫抗拒美色的故事都是如此簡單化地處理呢？不是！
幸而有一部作品改變了我對這一問題的看法。那篇作品寫的也是一個抗拒美
色的故事，而且抗拒的也是那種無須承擔任何責任和風險的美色。

　　但它所描寫的過程頗為複雜，尤其是男主人公的心理活動寫得很充分，

至少在作者看來，也很合理。且看這一個故事：

山西太原府河陽縣，有一人姓狄，名仁傑，年方二十三歲，生得丰姿俊雅，學富五車，其年別了雙親，帶個小廝，上京應試，一路而來。一日行至臨清，天色已晚，主僕二人投了歇店。……到了二更，忽聽房門開響，走進一個女人來。仁傑抬頭一看，見那女人生的身材楚楚，容貌妖嬌，秋波一轉，令人魂消，心內吃了一驚，不知是人是鬼，只得起身施禮道：「小娘子黑夜至此，有何見教？」那女人微微笑道：「賤妾青年失偶，長夜無聊，今幸郎君光臨，使妾不勝幸甚。」仁傑見他花容月貌，不覺動起慾火來，即欲上前交感，忽又轉想道：「美色人人所愛，但是上天不可欺也。」遂對那女子道：「承小娘子美意。但想此事有關名節，學生斷不敢為。」那女子走近前道：「郎君此言，是以賤妾為殘花敗柳，不堪攀折。但妾已出頭露面，尋你一場，不得如此，豈可空回，望君憐之。」道罷，雙手把仁傑摟住。仁傑此時慾火難禁，又欲相就，忽又想道：「不可，不可！」忙把身子掙脫，上前去拉那房門，一時性急，拉不開，無計脫身，假說：「小娘子美情，我非木石，能不動心！只有一件，不敢侵犯小娘子貴體。」那女人道。「郎君正在青春年少，卻為那一件，不肯沾連賤體？」仁傑詐說道：「身患惡瘡，爛了三年，好生之物，已不周全，何以取樂於小娘子乎！」那女子道：「郎既有疾，妾亦不敢相強，情願與君共枕同衾半夜，妾願足矣。」說罷，雙手搭在仁傑肩上，粉臉相親。此時正有許多風月，仁傑意欲動心，又想到上天不可欺之句，即道：「此事不可，不可！」口內雖說，而淫心往往轉動，幾次三番，拒絕不脫，心中忽又想道：「如此美女，若一旦於此不肖之事，倘此女死後，其屍腐爛，萬竅蛆鑽，臭不可言，」心中這一想，淫念頓息，把那女人兩手脫開，說道：「小娘子，我有四句詩，寫於你看，然後同睡。」那女人見仁傑應允，立著不動。仁傑途取筆在手，題詩四句。詩曰：「美色人間至樂春，我淫人婦婦淫人。若將美色思亡婦，遍體蛆鑽減色心。」女子看罷，雖然識字，不解其意，請問其詳。仁傑道：「人人這點好色之心，不能禁止，雖神仙亦不能免。但是上天難欺，有壞陰騭。我見小娘子杏臉桃腮，朱唇玉頸，就是鐵人也要消魂。這點慾火，那得能滅，滅而復發，

如此者三，若有三位美人，已敗三人之行矣。今只把小娘子作死過
之人，一七已過，萬竅蛆鑽，臭氣逼人，淫心頓消。若小娘子還有
慕我之心，亦只好把我也比作死過之人，想到遍體蛆鑽，一堆枯骨，
任你容貌蓋世，此火斷不能生矣。」那女子聽了這一席話，一想，
忙拜於仁傑前，口稱：「郎君，妾要去此邪念，亦非一日，只是慾火
難消。如今聽了此言，如夢初醒，終身記念不忘，可為半世節婦矣，
全賴郎君金言，今當拜謝！望郎君勿以妾之醜態所洩，終身感戴不
朽。」拜畢，出房而去。（《反唐演義全傳》第一回）

狄仁傑所碰到的既不是有夫之婦，也不是未婚女子，她是一個已經結過婚但
卻死了丈夫的寡婦。然而，這個女子卻有幾分神秘色彩，至少有點兒來歷不
明。故而，狄仁傑一開始就產生了「不知是人是鬼」的疑問，並且「吃了一
驚」。隨後，因為那女子做了自我介紹，狄仁傑方才定下心來。又由於那女子
長得實在是美，故而狄仁傑定下的心又浮動起來，而且做了四次「浮沉」運
動。第一次「浮」，是「見他花容月貌，不覺動起慾火來，即欲上前交感」；隨
即又「沉」，是「美色人人所愛，但是上天不可欺也。」第二次「浮」，是「此
時慾火難禁，又欲相就」；隨即又「沉」，是「不可，不可！忙把身子掙脫」。
第三次「浮」，是「此時正有許多風月，仁傑意欲動心」；隨即又「沉」，是「又
想到上天不可欺之句，即道：此事不可，不可！」第四次「浮」，是「口內雖
說，而淫心往往轉動」；隨即最後一次的「沉」，是「淫念頓息，把那女人兩手
脫開」。這樣寫丰姿俊雅而又年輕力壯的狄仁傑，才是真實可信的。他「幾次
三番」的反覆，恰也符合青年士子熱情多變的心理。問題在於，狄仁傑三番
五次的輕浮——淡定的反覆，是以什麼為轉折的支點的？這裡有倫理道德的
自牧，有對冥冥中主宰的恐懼，但最後解決問題的卻是一種奇異的設想——
美貌女子其實就是「遍體蛆鑽，一堆枯骨」。這種「空」就是「色」，「色」就
是「空」的觀念，或曰「美女」即「魔鬼」，「魔鬼」即「美女」的觀念，其實
在《紅樓夢》中已經以「風月寶鑑」的形式演繹過，二者之間實在具有「異曲
同工之妙」。狄仁傑不僅用這種帶有自我矇騙意味的設想潑滅了心頭的慾火，
而且還教育了那妖精一般的美女、美女一般的妖精。使得她翻然醒悟，重新
做人。而這篇作品巨大的教育魔力也正在這樣一種奇異的設想。

但是，這種設想其實是最乏味的，也是最滅絕人性的。

如果世界上每一個人都將對美妙異性的愉悅轉換成對生蛆白骨的恐懼，

那還有愛情、婚姻之類的企求嗎？

如果沒有愛情、婚姻，你生活在世界上幹什麼？

如果人人都沒有愛情婚姻之類的事，或者擴而廣之，一切生靈都沒有近似於人類愛情、婚姻那樣的「事」，還要大千世界幹什麼？

如果沒有大千世界了，還要這些高明的「哲人」幹什麼？

結論：凡是自身自然而然而又不破壞別人自然而然的東西，最好不要去扼殺它。

以上，是筆者從「不淫人妻子必有好報」的背後所得到的第一個結論。主要是針對陸德秀和狄仁傑的故事得出的結論。

至於前面三個「不淫人妻子必有好報」的故事——王華的、徐晞的、商提控的，在那背後，我又得到了另一種感受，並且由此而得出另一點結論。

切入點就是那幾個「女人」，那幾個無可奈何而又勇於向「並非自己的男人」獻身的女人。

注意到她們是什麼了嗎？

她們是雙重的工具，給別人的男人泄欲的工具和替自己的男人報恩（或借種）的工具。

除了是雙重的工具以外，她們還是什麼呢？

她們是「水」，是用各種容器都能「裝下」的水。你要她「圓」她就圓，你要她「扁」她就扁，你要她咋樣就咋樣！溫順的水！

但是，許多溫順的水聚積在一起，就會變成長江、變成黃河、變成大海。「水」一旦變成「江」「河」「海」以後，她就會形成波瀾、形成波浪、形成洶湧的呼嘯！

那是會淹死人的！是會淹死「水」曾經千百次「溫順」過的「人」的！

當下，這已經部分成為事實。

但上面那些小說產生的時代的作者們並沒有預見到這種可能產生的「事實」，因此，他們還在那兒極力鼓吹「水」的柔順。

而且，他們誤以為「水」會永遠地柔順下去。

既然我們現在已經知道了他們的「誤」，就不要再相信他們的鼓吹了。

可惜的是，直到今天，雖然人們已經不太相信上述那些小說作家們對「柔順水」的鼓吹，但今人卻犯了與古人相同的錯誤，以為「水」是可圓可扁的。

何以見得？因為「國法」決定要保護柔弱的水。

既然需要保護，就說明她是柔弱的。

但總有她不需要保護的那一天。

結論：只有到了真正不需要保護的那一天，她才不會被別人當作工具用來用去！

充滿調笑色彩的「黃色歌曲」

　　生活是五光十色的，古人的生活想來也是如此。就像今天有些高級文化人喜歡講一些低級趣味的「黃段子」一樣，古代的文人韻士也會搞出一些充滿調笑意味的黃色歌曲。這在大俗而又大雅的古代通俗小說中有強烈反映。

　　《蜃樓志全傳》中的歌妓阿巧的調情小曲是這樣唱的：

　　　　兩個冤家，一般兒風流瀟灑，奴愛著你，又戀著他。想昨宵幽
　　期，暗訂在西軒下，一個偷情，一個巡查。查著了，奴實難回話。
　　吃一杯品字茶，嬲字生花，介字抽斜，兩冤家依奴和了罷！（第十
　　四回）

明眼人一看此曲，就會想到是來自《紅樓夢》，那裡面的妓女雲兒則是這樣唱的：

　　　　兩個冤家，都難丟下，想著你來又記掛著他。兩個人形容俊
　　俏，都難描畫。想昨宵幽期私訂在茶蘼架，一個偷情，一個尋拿，
　　拿住了三曹對案，我也無回話。（第二十八回）

兩相比較，《蜃樓志全傳》模仿《紅樓夢》痕跡宛然。但亦有不同處。表面看來，兩支曲子都是借一個女子同時應付兩個男子的情景以達到在酒席上調情以侑酒的目的。然細玩曲意，雲兒所唱畢竟是表面下流而實際俏皮，阿巧所唱則是表面俏皮而實際下流。雲兒所唱基本上是繼承自元曲以來將女主人公弄得左右為難以調笑之的流風餘韻，最後也僅僅是停留在「三曹對案，我也無回話」的餘味無窮的境地。而阿巧所唱，則一連加入了三個極其下流的意象：「品字茶，嬲字生花，介字抽斜」，其實都是二男聚交一女的隱語。讀者若

將「品」「嬲」「介」三字作「象形文字」理解，其中隱秘便昭然若揭。從這兩支曲子也可看出兩位作者在男女關係問題上的大異其趣，儘管二曲都出自妓家之口。

當然，像這種「冤家」之間的打情罵俏歌曲也絕不是曹雪芹的首創，至少在一些明代擬話本小說中就能聆聽到這種畸形的聲響。且看一個名叫丁惜惜的歌妓面對因為喜新厭舊而對她心不在焉的嫖客的甜膩膩、酸溜溜而又「含辛茹苦」的傾訴：

> 俏冤家，你當初纏我怎的？到今日又丟我怎的？丟我時頓忘了纏我意。纏我又丟我，丟我去纏誰？似你這般丟人也，少不得也有人來丟了你！（《二刻拍案驚奇》卷十四）

在其他通俗小說中，諸如此類充滿調笑色彩的「黃色歌曲」還不在少數。而且，各有各的趣味。

如以下這首偷情女子心聲的表達就顯得頗為明白曉暢、大膽潑辣而又情真意切：

> 妹和哥哥把拳猜，郎問姣娘有幾個來？小阿奴十指無才只得郎一個，若還兩個你先開。……古人說話不中聽，那有一個姣娘生許嫁一個人。若得武則天娘娘定了一本大明律，世人那敢捉姦情。
> （《歡喜冤家·鐵廿三激怒誅淫婦》）

當然，也有借著書中的小曲大玩文字遊戲以呈獻作者心中那一點歪才的：

> 〔粉孩兒〕對對挑燈，〔七娘子〕雙雙執扇。觀看的是〔風檢才〕、〔麻婆子〕，誇稱道〔鵲橋仙〕並進〔小蓬萊〕；伏侍的是〔好姐姐〕、〔柳青娘〕，幫襯道〔賀新郎〕同入〔銷金帳〕。做嬌客的磨槍備箭，豈宜重問〔後庭花〕？做新婦的，半喜還憂，此夜定然〔川撥棹〕。〔脫布衫〕時歡未艾，〔花心動〕處喜非常。（《拍案驚奇》卷二十）

此曲句句不離曲牌，是典型的文字遊戲，但也充分體現了凌濛初對這種遊戲墨花的揮灑自如。相比較而言，周清源的文字遊戲可就比凌濛初玩得更為纏綿悱惻同時也更具磅礴氣勢了。請看一首將中藥名在小曲中鑲嵌得琳琅滿目的佳作：

> 這小姐生得面如紅花，眉如青黛，並不用皂角擦洗、天花粉傅面，黑簇簇的雲鬢何首烏，狹窄窄的金蓮香白芷，輕盈盈的一撚三

棱腰。頭上戴幾朵顫巍巍的金銀花，衣上繫一條大黃紫苑的鴛鴦條。滑石作肌，沉香作體，上有那豆蔻含胎，朱砂表色，正是十七歲當歸之年。怎奈得這一位使君子、聰明的遠志，隔窗詩句酬和，撥動了一點桃仁之念，禁不住羌活起來。只恐怕知母防閒，特央請吳二娘這枝甘草，做個木通，說與這花木瓜。怎知這秀才心性芡實，便就一味麥門冬，急切裏做了王不留行，過了百部。懊恨得胸中懷著酸棗仁，口裏吃著黃連，喉嚨頭塞著桔梗。看了那寫詩句的藁本，心心念念的相思子，好一似蒺藜刺體，全蠍鈎身。漸漸的病得川芎，只得貝著母親，暗地裏吞烏藥丸子。總之，醫相思沒藥，誰人肯傳與檳榔，做得個大茴香，挽回著車前子，駕了連翹，瞞了防風，鴛鴦被底。漫漫肉蓯蓉，搓摩那一對小乳香，漸漸做了蟾酥，真是個一腔仙靈脾。（《西湖二集·吹鳳簫女誘東牆》）

這一段鑲嵌的藥材名有：紅花、青黛、皂角、天花粉、何首烏、白芷、三棱、金銀花、大黃、紫苑、滑石、沉香、豆蔻、朱砂、當歸、使君子、遠志、桃仁、羌活、知母、甘草、木通、木瓜、芡實、麥冬、王不留行、百部、棗仁、黃連、桔梗、藁本、相思子、蒺藜、全蠍、川芎、貝母、烏藥、檳榔、茴香、車前子、連翹、防風、肉蓯蓉、乳香、蟾酥、仙靈脾等。而且，每一處都語意雙關，令人讀後感到回味無窮。

小小伎倆，玩得好的話，也會給整部作品增添光彩，有時甚至會使筆下更為生意盎然。

以死殉夫的烈婦及其
「烈」父母的內心隱秘

　　《儒林外史》中寫了一位著名的烈婦王三姑娘，她「出閣不上一年多」就死了丈夫，這本是一件令人同情而又無可奈何的事情。然而，她與她的父親王玉輝卻都作出了讓今天的讀者瞠目結舌的表現：

　　　王玉輝慟哭了一場。見女兒哭的天愁地慘，候著丈夫入過殮，出來拜公婆，和父親道：「父親在上，我一個大姐姐死了丈夫，在家累著父親養活，而今我又死了丈夫，難道又要父親養活不成？父親是寒士，也養活不來這許多女兒！」王玉輝道：「你如今要怎樣？」三姑娘道：「我而今辭別公婆、父親，也便尋一條死路，跟著丈夫一處去了！」公婆兩個聽見這句話，驚得淚下如雨，說道：「我兒，你氣瘋了！自古螻蟻尚且貪生，你怎麼講出這樣話來？你生是我家人，死是我家鬼，我做公婆的怎的不養活你，要你父親養活？快不要如此！」……王玉輝道：「親家，我仔細想來，我這小女要殉節的真切，倒也由著他行罷。自古『心去意難留』。」因向女兒道：「我兒，你既如此，這是青史上留名的事，我難道反攔阻你？你竟是這樣做罷。我今日就回家去，叫你母親來和你作別。」……老孺人聽見，痛哭流涕，連忙叫了轎子，去勸女兒，到親家家去了。王玉輝在家，依舊看書寫字，候女兒的信息。老孺人勸女兒，那裡勸的轉。一般每日梳洗，陪著母親坐，只是茶飯全然不吃。母親和婆婆著實勸著，千方百計，總不肯吃。餓到六天上，不能起床。母親

看著，傷心慘目，痛入心脾，也就病倒了。抬了回來，在家睡著。又過了三日，二更天氣，幾把火把，幾個人來打門，報導：「三姑娘餓了八日，在今日午時去世了！」老孺人聽見，哭死了過去，灌醒回來，大哭不止。王玉輝走到床面前說道：「你這老人家真正是個呆子！三女兒他而今已是成了仙了，你哭他怎的？他這死的好，只怕我將來，不能像他這一個好題目死哩！」因仰天大笑道：「死的好！死的好！」大笑著走出房門去了。（第四十八回）

王玉輝三姑娘以死殉夫一事，一般認為是取材於當時人汪洽聞及其第三女的事蹟，這有金兆燕《古詩為新安烈婦汪氏作》為證。詩太長，現摘其要點如下：

> 我友汪洽聞，賦性樸且惇。養母能篤孝，孝名著一村。……次女生最慧，早歲能詩書，手繪列女傳，溫惠與人殊。笄年歸夫家，綦縞甘糲粗。舉止必端正，鄰女奉楷模。事夫未數載，夫病遂纏綿。……執手問良人：「有語囑妾無？」良人瞪目視，拊枕但長籲。生死從此隔，勿復多悲歌。女子垂涕言：「自我事君子，偕老本初願，寧復殊生死？君今但先行，妾豈久留此？」……三日為營奠，七日為營齋。北邙宅幽宮，千年不復開。行回裏舍，檢點舊裙襦。絕粒臥空床，酸風冷微軀。阿爺向女言：「汝志既堅決。所悲頹齡叟，頓使肝腸裂。」……女子啟阿爺：「兒已有成言。此言不可食，勿復強遷延。」瞑目遂長逝，奄奄赴黃泉。（《棕亭詩鈔》卷四）

其實，當時以死殉夫的烈婦何止一個汪洽聞的女兒？據《清實錄》雍正十三年（1735）閏四月各省呈報禮部申請旌表烈婦的部分記載：

> 博野縣生員鄭景誅妻吳氏，滿城縣民康玉相妻田氏，平山縣民王永曆妻商氏，宣化縣民李智妻楊氏，成安縣儒童陳洞聘妻馮氏，……鹽城縣儒童劉闇士妻許士，甘泉縣民項起鵠妻程氏、李正榮聘妻霍氏，安東縣儒童孫兆鳳聘妻趙氏，俱痛夫身故，慷慨捐軀，請予旌表，以維風化。

在短短一個月時間裏，僅僅是直隸、江蘇兩省，正式上報禮部旌請的烈婦以死殉夫者竟達九人之多。至於長期以來全國報上來的又不知有多少，還有那些沒有能夠報上來的更不知有多少！

接下來的問題是，吳敬梓在塑造以死殉夫的烈婦王三姑娘的形象時，僅

僅是以當時的現實生活為依據嗎？換言之，王三姑娘形象的塑造是否有其文學淵源？答案當然是肯定的。就在王三姑娘出現以前一百年左右，她的「文學榜樣」就已經名垂說部了。

　　這位烈婦姓陳，「自小聰明，他父親教他識些字，看些古今列女傳，他也頗甚領意。」不料婚後一年多時間，丈夫不幸得病身亡。臨死前，其夫歸善世對她說：「你的心如金石，我已久知，料不失節。不必以死從我。」但陳烈婦立志殉夫，雖然遭到公婆的反對，仍堅持不懈。且看：

> 　　他取湯沐浴，穿了麻衣，從容走到堂上見舅姑，便拜了四拜道：「媳婦不孝，從此不復能事舅姑了。」公姑聽了，不勝悲痛。他公姑又含淚道：「你祖姑當日十九歲，也死了丈夫，也不曾有子，苦守到今，八十多歲，現在旌表。這也是個寡居樣子，是你眼裏親見的。你若學得他，也可令我家門增光、丈夫爭氣，何必一死？」烈婦道：「人各有幸有不幸，今公姑都老，媳婦年少，歲月迢遙，事變難料，媳婦何敢望祖姑？一死決矣！」……只見到晚來，他自攜了燈與母親上樓。家中人都已熟睡，烈婦起來悄悄穿了入殮的衣服，將善世平日繫腰的線條輕輕縮在床上自縊。……此時咽喉間氣不達，攛起來，吼吼作聲。他母親已是聽得他，想道：「這人是不肯生了。」卻推做不聽得，把被來狠狠的嚼。倒是他婆婆在間壁居中聽了，忙叫親母，這裡只做睡著。他便急急披衣趕來。……須臾燈來，解的解，扶的扶，身子已是軟了，忙放在床上，灌湯度氣。他母親才來，眾人道：「有你這老人家，怎同房也不聽得？」停了一半日，漸漸臉色稍紅，氣稍舒，早已蘇了，張眼把眾人一看，蹙著眉頭道：「我畢竟死的，只落得又苦我一番。」……到午間，烈婦看房中無人，忙起來把一件衣服卷一卷，放在被中，恰似蒙頭睡的一般，自己卻尋了一條繩，向床後無人處自縊死了。（《型世言》第十回）

經過幾番曲折，陳烈婦終於如願以償，以死殉夫。陳烈婦的死亡之旅較之王三姑娘雖各有其特點，但仍然是殊途同歸；由此亦可見得，王三姑娘的「文學榜樣」中至少有這位陳烈婦。

　　問題尚不止於此。仔細比較一下《型世言》與《儒林外史》中塑造的這兩位烈女形象及其那些「烈」父母們的行為，一些發人深省的問題就會自然

而然地浮現出來。

首先一個過去講得很多的問題就是，烈女們都是被封建禮教殺死的。這一點毋庸置疑，因前人講得太多，此不湊熱鬧。

第二，烈女們的父母對她們的死是否應該負責任。換言之，我們是否可以譴責這些「烈」父母。

按照作品中的描寫，烈女們的父母對她們的死亡都是要負各自不同的責任的，因為這些父母的行為「幫助」了女兒的死亡。但是，這裡卻有程度上的區別。王玉輝是「鼓勵」女兒去死，而周氏則只是「放任」女兒去死。相比較而言，王玉輝的問題更嚴重，更值得譴責。

第三，這些「烈」父母對女兒是否還有感情？他們鼓勵或放任女兒去死的行為是主動的還是出於無奈？是否還有說不出的苦衷？

我們先看周氏的表現，雖然她明明知道女兒上弔自殺殉夫，「卻推做不聽得」，有聽之任之、見死不救之嫌，但緊接著的一個動作又說明了她內心的痛苦：「把被來狠狠的嚼」。如果聯繫到此前她與親家母的對話，就更加可以清清楚楚地看到她在女兒以死殉夫問題上的軟弱和無奈。「周氏便淚落如雨道：『親母，你子死還有子相傍，我女亡並無子相依，難道不疼他？不要留他？』說了便往裏跑，取出一把釘棺的釘，往地下一丟道：『你看，你看，此物他都已打點了，還也止得住麼？』」由此可見，她在內心深處是深深愛著自己的女兒的，只是女兒要那樣做，而且是冠冕堂皇的行為，她沒有力量制止而已。如果再聯繫到她本身也是一個寡婦，女兒死後她將孤苦伶仃、無所依傍的窘境，我們對她的譴責也會在不知不覺之中消減幾分的。

王玉輝的思想當然比周氏更加頑固，更加傾向於封建禮教的虛榮。但是，如果說他是一個完全沒有心肝的封建老頑固，他贊成女兒以死殉夫就是用女兒的生命換取自己的榮譽，那也就有失偏頗了。我們不妨看看王三姑娘殉夫以後作者對王玉輝的兩處描寫。其一，當「闔縣紳衿」「送烈女入祠」後，「在明倫堂擺席。通學人要請了王先生來上坐，說他生這樣好女兒，為倫紀生色。王玉輝到了此時轉覺心傷，辭了不肯來」。其二，事後，王玉輝為了迴避老伴的悲慟的絮絮叨叨而到蘇州去散心時，「見船上一個少年穿白的婦人，他又想起女兒，心裏哽咽，那熱淚直滾出來。」由此可見：這位迂夫子並不願意以女兒的死換來自己的榮譽，他只是覺得女兒這樣做是正確的，是必須的，是必然的。他也像他老伴一樣，在心靈深處對女兒有著深深的眷戀之情，只

不過他覺得「人情」必須服從「倫理」而已。

第四，烈女們是否能理解父母的苦衷和無奈，在她們作出死亡選擇時，除了恪守封建禮教而外，是否還有其他隱衷？

其實，上述兩位烈女採取那種極端的行為，都不是一時衝動，也不能說僅僅是恪守封建禮教的結果。她們也有自己的苦衷，或者說，她們對自己的未來生活和父母的處境是有非常深入的考慮的。當陳烈婦的婆婆勸她像祖姑學習，一輩子守寡堅持活下去的時候，烈婦的回答是耐人尋味的：「人各有幸有不幸，今公姑都老，媳婦年少，歲月迢遙，事變難料，媳婦何敢望祖姑？一死決矣！」而王三姑娘的話也同樣讓人大吃一驚：「父親在上，我一個大姐姐死了丈夫，在家累著父親養活，而今我又死了丈夫，難道又要父親養活不成？父親是寒士，也養活不來這許多女兒！」

原來這兩個烈婦的死，乃是一種非常非常無奈的選擇，長痛不如短痛！寧可毅然決然地做一隻封建倫理道德祭壇上的羔羊，也不願意做那漫漫人生苦海中顛簸的孤舟。寧可死得轟轟烈烈，也不願活得歪歪扭扭。

須知，在那樣的時代，一個女人，一個死了男人的女人，一個死了男人而又沒有子女（主要是兒子）的女人，她怎樣生活？她靠誰養活？靠生身父母嗎？王三姑娘作出了回答。儘管她的公婆答應養她一輩子，但公婆死了以後呢？或許有人會說，她夫家如果有足夠的經濟實力養她一輩子，為什麼不活下去！但是，我們可曾想過，如果她的公婆另有兒子，她的妯娌樂意讓這位寡嫂或兄弟的未亡人來瓜分家產嗎？如果她的公婆沒有另外的子嗣，那可就更麻煩了，族中子侄對其財產垂涎三尺、虎視眈眈者必將大有人在。更何況，就算家產豐厚，妯娌和融，最好還過繼一個兒子，能過上衣食無憂的生活，但誰能保證，在漫長的成千上萬個日日夜夜裏，寡婦家家的「她們」能夠保證在心靈深處絕無一絲半點春情的蕩漾？更不用說有什麼出軌的行為了，那當然是罪不容誅的。

筆者曾經聽說過一個故事，晚清時期，江北某縣某莊有一烈婦，丈夫死後，若干年沒有再嫁，就連緋紅色都沒有出現在她的身邊，於是，族裏給她家掛上了貞節牌。但是，有一次她偶而在池塘邊洗衣服，偶而看見兩隻狗兒「打雄」，她便偶而笑了一下，此事又偶而被別人看見了，那人又偶而告訴了族長。……於是，在一連串的「偶而」之後，「必然」發生了：族長帶人到她家砸碎了貞節牌子，那女人不久便鬱鬱而死。

　　與其到飢寒交迫或口舌紛爭或身敗名裂的時候或痛苦或憂鬱或恥辱地離開世界，反倒不如眼面前以死殉夫，轟轟烈烈地登仙而去！這，大概就是陳烈婦、王三姑娘們內心世界最隱秘的想法。

　　由此，我們可以強烈地感覺到：在那樣一種生活場景之中，烈女們以死殉夫的行為是必然的，也是無奈的。

　　無奈的必然，必然的無奈！

　　世界上還有比這種由「無奈的必然」和「必然的無奈」所造成的悲劇更具悲劇性的事情嗎？

　　我看沒有。

「女子」抗暴的絕招——掣刀亮劍

　　現在我們所說的「家庭暴力」，主要指的是家庭內部處於強勢的一方對弱勢的一方實施暴力。其中，最為常見的乃是丈夫打罵或虐待妻子。然而，在封建時代，這種男性欺侮女性的暴力何止於家庭？而是在社會中隨時可見。

　　在男權時代種種欺凌弱女子的形式中，尤其以逼婚、搶婚、綁架、姦淫最為嚴重，也最令人髮指。而這幾種情況，我們完全可以稱之為封建時代的「社會暴力」。

　　有太多的弱女子在這種社會暴力面前忍氣吞聲、委曲求全、逆來順受、身受荼毒，這當然是一種時代的不幸。但是，也有一些勇敢頑強的女性，居然敢竭盡全力與強大的社會暴力抗爭。她們毫無疑問屬於衝越時代的強者！

　　令我們後人感到萬分榮幸的是，我們的作家，尤其是中國古代那些戲劇小說作家，卻用他們的筆，留下了為數不少的抗暴女性英雄形象。

　　這些文學作品中的抗暴女子之行為方式，最常見的有如下幾種：其一，大義凜然而嚴詞斥責，如《任氏傳》中的任氏。其二，出其不意而趁機逃走，如《秋胡戲妻》中的羅梅英。其三，用計周旋而李代桃僵，如《好逑傳》中的水冰心。其四，據理力爭而大鬧公堂，如《平山冷燕》中的冷絳雪。其五，大智大勇而脫身虎穴，如《飛花詠》中的端容姑。如此等等，不一而足。當然，還有兩種最極端的方式：殺死施暴者或自殺，這在中國古代文學作品中更為多見。不過，這最後兩種方式，受暴者付出的代價太大，更令人不忍卒讀。

　　那麼，有沒有不付出太大的代價而又對施暴者進行最強烈的打擊的手段或方式呢？有的。那就是本文的標題所涉及的——掣刀亮劍作追殺狀，以威

儡施暴者。

這種方式多半用在逼婚、搶婚者面前。我們不妨來看看兩部擬話本小說中的描寫：

> 不隔數日，那公子又來。只見鐵小姐正色大聲數他道：「我忠臣之女，斷不失身！你為大臣之子，不知顧惜父親官箴、自己行檢，強思污人，今日先殺你，然後自刎，悔之晚矣！」那公子欲待涎臉，去賠個不是，餂進去。只見他已掣刀在手，白監生與這些家人先一哄就走，公子也驚得面色皆青，轉身飛跑。又被門檻絆了一交，跌得嘴青臉腫。（《型世言》第一回）

> 忽聞門外有人行，漸至房內。抬頭細看，見一男子，頭代玄巾，身衣練服，有些面善，倉卒記憶不起。後跟婢女七八人，進來，笑容可掬，向若蘭深深一揖，道：「夫人別來無恙否？」若蘭也不回禮，高聲道：「聖主中興，禮明法備，爾為何等人，劫良家女子，作甚勾當？火速送我還寓，萬事不論，否則同亡劍下！」言罷，颼的一聲，把寶劍拔在手內。婢女見勢頭兇惡，跑得不留一個。這男子也急退出房外，遠遠立著，向若蘭道：「學生非別，武三思便是。……學生不忍沉滅花容，特令人救回！以了未盡之緣，望夫人垂憐。」若蘭道：「你原來果是那漏網的武賊，天下人恨不能食汝肉，而寢處汝皮。……罷！罷！我已被你誘入巢穴，諒難脫離，先為國家除了逆賊，待我從容自盡，以全名節！」便手提劍竟奔三思。三思飛走至外廂躲避，仍舊將門緊閉。（《載花船》卷之三第十二回）

此處鐵小姐、尹小姐的表現已經足以令人擊節讚賞了，然而，還有比這更大快人心的片斷，那是在一部章回小說作品之中：

> 只見廳內早已燈燭輝煌，點得雪亮。管小姐卻正在廳後簾下，擁著一張書案而坐。書案上點著兩枝明燭，明燭下卻放著一把明晃晃的寶劍。……卜成仁只認做是嚇他，因說道：「小姐若是這等說，便差了。我卜成仁縱不好，也是個吏部尚書的公子，難道一毫禮也不備，就指望來做親。只因前番苦苦相求，未蒙慨允。今故不得已，乘此機會，行權以合經。俟今夜成親之後，明日即當補上千金之聘，斷不敢食言。」管小姐聽了，愈加大怒道：「你這樣不知

香臭的畜生，與你說好話，你也不知道，只合殺了，以消暴戾之氣！」因將寶劍又在案上一拍道：「已做冤家，也說不得了，媳婦們快些替我拿下！」簾裏只傳得一聲，外面的四個僕婦走近前，將卜成仁掀倒在椅上，動也動不得一動。管小姐看見外面掀倒卜成仁，方手提寶劍從簾裏走出簾外來，指著卜成仁大罵道：「賊畜生，你想要成親麼？且快去閻王那裡另換一個人身來！」遂提起寶劍照著當頭劈來，嚇的那跟來的四個侍女魂都不在身上。兩個慌忙上前，拼死命的將管小姐抱定道：「這個使不得！」那兩個就抵死的撐開了四個僕婦道：「公子還不快走！」此時卜成仁已嚇倒在椅子上，連話也說不出。虧得侍女撥開僕婦，方得掙起身來，說道：「嚇殺，嚇殺！都是老強誤我。」竟往外跑。管小姐看見卜成仁下階走了，急得只是頓足，要趕來，又被侍女攔住。只得將寶劍隔著侍女，照定卜成仁虛擲將來。終是女子的身弱，擲去不遠，早嘡的一聲落在階下。卜成仁聽見，又吃一驚，早飛一般跑了出去。（《玉支磯》第十二回）

《型世言》《載花船》與《玉支磯》三部作品，都產生於明末清初這一歷史時期，前後相隔大概有幾十年的光景。當我們閱讀了鐵小姐、尹小姐和管小姐的浩氣凌雲、令人解穢的表演之後，不禁會產生一個疑問：何以那個時候通過這種強烈手段抗暴的女子會無獨有偶？答案其實很簡單，因為那是一個從社會生活到人們的意識形態都天崩地裂的時代。更有意味的是，當時能夠採取這種方式抵抗暴力者，並非全都是弱女子，甚至還有「弱男子」。

這種弱男子，其實也是一種女性化的男人——男妓。古人稱之為男寵、小官、龍陽等等。這是非正常的社會形態所導致的一群非正常人，他們是給同性之人提供性服務的。他們的生活，與妓女幾無二致。在暴力男性面前，深受來自於精神和肉體的雙重折磨。如果碰上一個性情和善的「嫖客」，男妓們的生活或許可能帶有一點「同性戀」的意味，正如同嫖客和妓女之間有時也能產生真摯的愛情一樣。但是，他們一旦碰上施暴者，其中所受的折磨與苦難與妓女也是不相上下的。中國古代小說中也有專門反映男妓生活的作品，其中尤以產生於明末清初的兩部擬話本小說《宜春香質》和《弁而釵》最為著名。而就是在這樣的作品中，居然也出現了男妓抗暴的故事：

且說趙生別了翰林，行至中途，杜、張突出道：「趙兄，相候

久矣。」趙生不答竟走。張狂道：「趙兄，何厚於涂生，而薄於弟等？」杜忌道：「從此厚起，也未遲哩。」就走到趙生身旁。……一個掰定，一個就去脫袴。趙生看他用強，知難脫身，便誑道：「兄既相愛，當以情講，奈何用強？依我說便使得，不肯依我，雖死不從。我亂叫起來，你們有何體面？」杜忌道：「心肝，只要你肯，一憑分付。」趙生道：「此露天地下，寒風凜冽，不好罄談，同到我房中細細披陳。」二人被他一賺，便道真肯了，放了他同行，卻是摸手摸臉。趙生只得聽他，將到己房，道：「我先去叫門，你們略退後一步。」叫聲：「開門。」小燕開了門。趙生到房，也不說話，拔了壁上用的劍，迎出門來，大呼道：「張狂、杜忌，你來，你來！好吃我一劍。吾頭可斷，吾腔可剖，吾身不可辱。今日之事，不是我尋你，是你尋我，好歹與你合命！」言罷，提劍趕來。二人看他變了卦，手中又有利劍，又見小燕持解首刀趕出接應，看得不是風頭，轉身就跑，鞋子都脫落了。（《弁而釵·情貞紀》第四回）

這段故事中的趙生就是一名男妓，他與某翰林情投意合，引起了兩個姦邪小人杜忌（諧音妒忌）和張狂（無須諧音，就是張狂）的不滿。於是，杜、張二人伺機企圖「強姦」趙生。他們在調戲趙生時的言語是非常淫穢的，筆者為了防止有污讀者眼目，都用省略號將那些淫詞濫調槍斃了。剩下來的就是該趙生對著兩位施暴者的掣刀亮劍了，這種反抗與上述鐵、尹、管二小姐的抗暴在本質上是一樣的。這一過程可是不能省略的，都在上面，讀者自可閱讀分析。但有一點我想大家一定是明白的，本篇標題中的「女子」二字為什麼要加上引號。

最後還必須聲明一點，鐵小姐也罷，尹小姐也罷，管小姐也罷，趙先生也罷，這些人統統都是沒有武功、甚至連武藝都沒有的弱勢男女。他們之所以掣刀亮劍地抗暴，只不過是處於萬般無奈之下的一種憤怒至極的行為，是一種拼命的做法。從客觀上講，他們只是在氣勢上而不是在能力上戰勝施暴者。這一點，正是這些描寫現實的小說與那些想像世界中的武俠小說最根本的不同點。

從這一點出發，我們又可以進而推論：就文學作品敘述故事的角度而言，弱者的抗暴比強者的以暴制暴更為感動人心，絕地反擊比泰山壓頂也更為吸引讀者。

狐狸「遭劫」的前前後後

晚清有一部神魔怪異小說《呂純陽三戲白牡丹》，書中的呂洞賓這一人物塑造得頗為成功。尤其是他的反抗精神，竟有些與《西遊記》中的孫悟空相近似。有一次，他居然利用一些主客觀條件與玉皇大帝派來的李天王和雷部正神對抗，竟然還取得了局部的暫時的勝利。讓我們從這位呂純陽與大善人梁灝的對話看起。

> 純陽道：「也不用什麼法術，只於明日午時三刻，把貴宅的五
> 福堂收拾出來，供在堂中。貧道在內奉誦道德真經，居士當門而
> 立，雷部不敢入內。只要午時一過，雷部已回天復旨，則無事矣。」
> 梁灝答應，立刻照辦。純陽又命椿精手捧太乙神劍，立在身旁，以
> 防不測。梁灝也把五福堂供起來，單等呂祖前去避劫，且自不
> 表。……次日正午，李靖同了雷部正神來至梁家，只見陰驚毫光，
> 布滿宅舍，不能入去。圍繞多時，又見陰驚氣內現出一道祥光，梁
> 大善人當門坐下，頭上一片紅雲罩頂，雷神不敢近前。又聽純陽在
> 內高誦道德真經，遍地現出青蓮，旁立一個醜童，手捧太乙神劍，
> 現吐萬丈毫光，千條瑞氣，唬得眾雷神等焉敢近前，連忙離了梁
> 宅，與李靖說道：「這呂純陽法力本高，況又在大善人家，不能用
> 武。況且他那一柄太乙神劍，乃是道教中先天至寶，我等安能經受
> 得起，不如回奏玉帝，另行設法捉他便了。」李靖見雷部正神如此
> 說法，自想也不能與他較量，只得同上凌霄寶殿，奏明玉帝。（第二
> 十回）

這一段描寫有三個關鍵詞是從以前的小說作品中繼承過來的：遭劫、雷神、

過期作廢。當然，在更多的古代小說作品中，遭受雷神劈打之劫的並非呂洞賓這樣的神仙，而是一種處於「仙」與「妖」之間的靈獸——狐狸。

狐精這種靈獸，有人稱之為「狐仙」，有人稱之為「狐妖」。這一褒一貶兩個稱謂，正說明一般人對它既親近又拒絕的心理。尤其是那些變成美女的狐媚，更是讓不少男人既嘗了甜頭又吃盡苦頭，因而又愛又怕。然而，狐狸也有自己的悲哀，它們往往要面臨著天帝對它們的「掃黃打非」行動。因為它們中的「她們」往往迷惑那些沒有定力的男人，做些淫藝之事，當然屬於「黃色」系列，應該掃除。又因為它們並非位列仙班的真仙，而只是在普通百姓面前搞些花裏胡梢的法術的「假仙」，是「盜版」的神仙，故而又歸於「造假」行列。這樣一來，在古老的天界，狐狸精自然而然就成為玉帝老兒「掃黃打非」的重點對象。

那麼，給狐狸精們安上一個什麼罪名呢？當時可沒有「掃黃打非」這一說，於是，就用上了上述第一個關鍵詞：遭劫，也就是遭受劫難、該你倒楣的意思。進而言之，又由誰去執行這項光榮任務呢？第二個關鍵詞當然是現成的：雷神。因為當上帝動了雷霆之怒的時候，當然就得以雷神作「導體」來展現天國的威嚴了。再進而言之，雷神執行任務時是否有時間限制呢？有的，一般說來是午時三刻，過期作廢。誠如呂洞賓所言：「只要午時一過，雷部已回天復旨，則無事矣。」

筆者小時候就聽說過一些狐狸遭劫的故事。老年人告訴小孩子，狐狸的「道行」是有不同層次的，百歲狐、幾百歲狐一直到千歲狐。千歲以上的狐稱之為「通天狐」，亦即「仙狐」。那可就到了千變萬化、隨心所欲的境界。明代擬話本小說《西湖二集》第二十一卷《假鄰女誕生真子》一篇中說：「狐千歲化為淫婦，百歲化為美女，為神巫，為丈夫，與女子交接，能知千里外事，即與天通，名為『通天狐』。」

狐狸要想達到「通天」的境界，必須不停地修煉。修煉的方式有多種，主要是在山野之中吸取日月精華之氣，或戴著死人的髑髏（頭骨）禮拜北斗，或採人類之精以補充自身。以上這些，在《假鄰女誕生真子》一篇中都有描寫。然而，狐狸最怕的就是遭劫，一旦遭遇劫難未能逃脫，輕則以前道行全部化為烏有，重則了卻殘生性命。而在所有劫難中最為常見的便是雷擊——雷神的打擊。一般說來，狐狸是躲不過雷擊的劫難的，所謂在劫難逃是也。但是，如果碰上偶然的機會，它們也可以大難不死，躲過一劫。而能夠給這

些既可愛又可惡、既可怕又可憐的狐精以逃脫劫難機會的只有人類，尤其是那些貴人或者正人。

在中國古代小說中，就有不少描寫這種狐狸「遭劫」的作品，由此而延伸的狐狸「遭劫」前前後後的故事則更是發人深思。我們不妨從狐狸故事的寶庫——《聊齋誌異》說起。

《聊齋》中有一篇《嬌娜》，寫孔聖後裔孔雪笠先生愛上了自己學生的妹妹嬌娜，但因嬌娜尚未成年，最後孔先生娶了她的表姐松娘，並有了孩子，自己也當了官。再後來，嬌娜也出嫁了，但孔雪笠仍然與嬌娜保持著非常友好的被蒲松齡稱之為「膩友」的關係，而且與嬌娜的丈夫相處也不錯。正在大家生活都很幸福平安的時候，災難發生了。嬌娜的哥哥跑到原先的老師現在的表姐夫面前訴說了這場劫難。

> 公子趨出，招一家俱入，羅拜堂上。生大駭，亟問。公子曰：「余非人類，狐也。今有雷霆之劫。君肯以身赴難，一門可望生全；不然，請抱子而行，無相累。」生矢共生死。乃使仗劍於門，囑曰：「雷霆轟擊，勿動也！」生如所教。果見陰雲晝暝，昏黑如磬。回視舊居，無復閈閎，惟見高冢巋然，巨穴無底。方錯愕間，霹靂一聲，擺簸山嶽，急雨狂風，老樹為拔。生目眩耳聾，屹不少動。忽於繁煙黑絮之中，見一鬼物，利喙長爪，自穴攫一人出，隨煙直上。瞥睹衣履，念似嬌娜。乃急躍離地，以劍擊之，隨手墮落。忽而崩雷暴裂，生僕，遂斃。少間，晴霽，嬌娜已能自蘇。見生死於旁，大哭曰：「孔郎為我而死，我何生矣！」松娘亦出，共舁生歸。嬌娜使松娘捧其首；兄以金簪撥其齒；自乃撮其頤，以舌度紅丸入，又接吻而呵之。紅丸隨氣入喉，格格作響，移時，醒然而蘇。見眷口滿前，恍如夢寤。於是一門團圞，驚定而喜。（《聊齋誌異·嬌娜》）

你看，孔雪笠為了自己的心上人——狐女嬌娜已經到了以性命相搏的地步。一個毫無法力的讀書人，居然仗劍與雷神搏鬥，並從雷神手中奪回心愛的人兒。最後自身被雷神誤傷，深度休克，危在旦夕。那麼，他得到了什麼樣的回報呢？感情！十分真摯而又純潔的感情。嬌娜見孔生死了，號啕痛哭，並且說：「孔郎為我而死，我何生矣！」請注意，這句話與夫妻之間同生共死的誓詞非常接近，但他們並非夫妻。非但不是夫妻，孔生還是她的表姐夫。非

但是她的表姐夫，而且她的表姐松娘就在現場。非但表姐在現場，而且嬌娜此時已經出嫁，不可能與表姐作娥皇女英共事一人。這一切的「非但」⋯⋯「而且」，其實已經將嬌娜對孔生的感情逼到了高於報恩思想、高於朋友感情、甚至高於夫妻之情的人與人之間的最純潔、最高尚、最真摯、最原始的狀態。與這種狀態相匹配的只有山間的清風、江上的明月、原野的鮮花、塵寰的天籟⋯⋯。正因為有這種情感墊底，所以嬌娜此後一系列的行為都是毫無私心雜念的、自然而然的、不可挑剔的人世間最偉大同時也是最溫馨的行為：「嬌娜使松娘捧其首；兄以金簪撥其齒；自乃撮其頤，以舌度紅丸入，又接吻而呵之。」試問人世間的紅男綠女，有幾人能得到這種回報的真情，真情的回報！

如果說，孔雪笠在嬌娜「遭劫」的危急時刻捨身相救，得到的是對方清水芙蓉般的真情回報的話，那麼，下面這篇故事中的王大人在狐精遭劫時無意間的幫助所得到的回報卻要「實惠」得多。這故事同樣在《聊齋誌異》之中：

> 王太常，越人。總角時，晝臥榻上。忽陰晦，巨霆暴作，一物大於貓，來伏身下，輾轉不離。移時晴霽，物即逕出。視之，非貓，始怖，隔房呼兄。兄聞喜曰：「弟必大貴，此狐來避雷霆劫也。」後果少年登進士，以縣令入為侍御。生一子名元豐，絕癡，十六歲不能知牝牡，因而鄉黨無於為婚。王憂之。適有婦人率少女登門，自請為婦。視其女，嫣然展笑，真仙品也。喜問姓名。自言：「虞氏。女小翠，年二八矣。」與議聘金。曰：「是從我糠核不得飽，一旦置身廣廈，役婢僕，厭膏粱，彼意適，我願慰矣，豈賣菜也而索直乎！」夫人大悅，優厚之。⋯⋯遂治別院，使夫婦成禮。⋯⋯一日，女浴於室，公子見之，欲與偕；女笑止之，諭使姑待。既出，乃更瀉熱湯於甕，解其袍褲，與婢扶之入。公子覺蒸悶，大呼欲出。女不聽，以衾蒙之。少時，無聲，啟視，已絕。女坦笑不驚，曳置床上，拭體幹潔，加復被焉。夫人聞之，哭而入，罵曰：「狂婢何殺吾兒！」女囅然曰：「如此癡兒，不如勿有。」夫人益恚，以首觸女；婢輩爭曳勸之。方紛噪間，一婢告曰：「公子呻矣！」輟涕撫之，則氣息休休，而大汗浸淫，沾浹裀褥。食頃，汗已，忽開目四顧，遍視家人，似不相識，曰：「我今回憶往昔，都如夢寐，何也？」夫人以其言語

不癡，大異之。(《小翠》)

王某人在無意中幫助狐狸避過了「雷霆劫」，這位狐仙給了他什麼回報呢？首先是客觀上善有善報，他中了進士、當了大官。隨後是仙狐直接報恩，送來美麗無比的女兒給他傻得可以的兒子當媳婦，最後，這個聰明而又調皮的兒媳婦居然用非常方式治好了他傻兒子的癡病，使他們老夫妻二人「大喜，如獲異寶」。相對於王某人的付出而言，他的收穫真是達到了幾十數百倍。但從仙狐的角度看問題，她所實行的卻是中國古代普通人最通行的道德：受人滴水之恩，必當湧泉相報；受人大恩不言謝，謝則以身。她是以親生骨肉報答了王某人許多年以前的無意間的恩典。

雖然《小翠》中的仙狐對幫助她避劫的恩人的回報與嬌娜表面上大相徑庭，但在本質上卻是一樣的。身為狐精的它們，不管人類貶它們為狐妖也罷，尊它們為狐仙也罷，它們卻有自己做「狐」的原則——知恩圖報。這是一種品質，一種優秀的品質。相對於「中山狼」那種無情獸而言，這種「報恩狐」還真是一種靈物，一種與人類相通的靈物，一種比某些「人」更具人性色彩的靈物。

如果說，嬌娜的報恩顯得真摯而小翠的報恩顯得實惠的話，那麼，下面這一位狐女的報恩則顯得分外的「纏綿」。這位狐女也是因為「遭劫」而被人救，但救她的可不是一般人物，而是著名的包公、三黑子包公。而且，包公幼年時救這狐女時，最大限度地體現了他的仁者之心。且看：

> 正在山懷之內中石上歇息，只見陰雲四合，雷聲隱隱，回頭往西北一看，只見稠雲如漆，電光閃灼，又加風霾水響，霎時間陡然而至。知道必是有雨，急忙立起身來跑至山窪古廟之中。剛然跑進殿內，只聽忽喇喇霹靂一聲，暴雨驟至。包公在供桌前盤膝端坐，猛聞得背後一縷幽香，有人將腰抱住；包公回頭看時，卻是一個垂髻的女子，羞容滿面，其驚懼之態，令人可憐。包公不忍擺脫，暗自思道：「不知誰家女子，從此經過，遇此大雨，看他光景，想來是怕雷。慢說道柔弱女子，就是我聞此雷聲，亦覺膽戰心驚。她既害怕，我何不遮護遮護呢。」因此索性將衣袖打開，庇祐著女子。外邊的迅雷烈電，不離頂門。約有兩、三刻的工夫，雨聲漸小，雷閃頓止。又遲不多會，雲散天開，日已西斜，回頭看時，女子卻不知往那裡去了。(《龍圖耳錄》第二回)

包公救那女子時，根本不知她是狐精，呈現在他面前的是一個驚恐萬分而又柔弱多情的少女。但是，包公自小就是正人君子，他忽視了這位少女的「嬌羞」，而重視她的「恐懼」。因此，少年包黑子在那一瞬間所產生的憐香惜玉之心，並非源自男歡女愛之情，而是扶危救困之意。何以見得？他首先是模仿柳下惠，用自己的身體和衣服「遮護」了這名女子，更為重要的是，他庇祐女子長達「兩、三刻的工夫」，注意力並非在女子身上，而在雷電風雨。不然，怎麼會在「雲散天開」以後，「女子卻不知往那裡去了」呢？包公之所以成為包公，少年時便見「心性」的赤忱與坦白。

正因如此，後來那狐女對他的報恩就顯得格外上心，居然纏纏綿綿地進行了三次。一救包公於險些中毒，二救包公於深井之中，三次更妙，狐仙先糾纏李老爺的小姐，專等進京趕考路過此地的包公來降妖，並因此締結良緣。我們當然不可能有狐女那麼纏綿，將「三報恩」的情節一一敘出。我們只看最後狐女自己所寫的「關於受恩報恩一事的總結報告」就夠了。

> 李老爺燈下觀瞧，原來不是符咒，卻是一首粗鄙詩句，道：「避劫山中受大恩，欺心毒餅落埃塵。尋釵井底將君救，三次相酬結好姻。」……包公接過一看，不覺的面紅過耳，暗自思道：「我晚間恍惚之間，如何寫出這些話來？」又想道：「原來我小時山中遇雨，見那女子，竟是狐狸避劫。卻蒙他累次救我，他竟知恩報恩！」（《龍圖耳錄》第四回）

好在包公是明白人，總算沒有辜負纏綿的狐女三報恩的良苦用心。進而言之，廣大讀者也通過這個故事明白了一個最淺顯的道理，就連狐精都知道知恩圖報，如果是人做不到這一點，那還是「人」嗎？其實，以上三個故事所要說明、或者叫做潛移默化的正是這相同的道理。只不過，這三篇作品都是堅持以「正面教育」為主的。那麼，有沒有從反面來講述相類似的故事的小說作品呢？

當然有！至少有清代小說《碧玉樓》。

該書的男主人公叫做王百順，此人就是一個「登徒子」，見了美女就像猴子掰玉米一般，啃一口丟一個。他在與好幾個女人有私情之後，又與狐女雲英相好，同時還看上了街坊黃德的妻子玉樓。最後，他乘人之危，做出了一件喪盡天良的惡事。

> 一日，百順與雲英飲酒，雲英兩眼淚汪汪的說道：「到六月二十

三日天將大雨，該我遭劫，求郎君念婦夫之情，救奴一命。」百順
說：「怎麼救法？」雲英說：「到那一天，你坐在書房裏，若有黃狸
貓去。便是奴家，你把我收在書箱裏，你老倚著書箱看書，俟雷過
天晴，可以沒事。」（第十三回）

與自己相好的狐女兩眼淚汪汪地請求幫忙，而且是救命，而且這種救命的
方式非常簡單，舉手之勞而已，這對於一個男人而言應該說是沒有疑問的
事。王百順當時答應得倒是很乾脆，但事到臨頭卻發生了意想不到的逆轉性
變化：

及至到了這一天，忽然層雲密布，涼風徐來。百順想起雲英所
求之事，走到書房，把書箱騰出一個來，放在那裡，單等著黃狸貓
來。如救她的性命。又一思想，說：「此乃狐也，我與她交媾久了，
怕被其害，反倒傷了我的性命。我不如將機就計，把她除治了，以
免後日之患，再者將她治死，我與那玉樓娘子也通泰通泰。」主意
已定，單等著她自投羅網。一霎時，風雨驟至，閃電生光，雷聲不
住的咕嚕嚕直響。只見一個大黃狸貓，慌慌張張跑在書房裏來。百
順一見，忙把書箱掀開。那貓就跳將進去。王百順見貓兒跳進去，
遂將蓋子一放，用鎖鎖住。及至到了時辰，大雨盆傾。雷聲振地。
百順兩手把箱子捧定。往天井裏一捨，呵哎一聲。把那黃貓擊死，
不多一時，雲散天晴，百順從書房中走出來一看，只見那箱子裏邊，
只落了一個貓皮布袋，遂令王忠把箱子拖在書房以內，高高擱將起
來，不提。（第十四回）

這「又一思想」，事情便發生逆轉，人性也就發生裂變。救人變成殺人，夫妻
恩成為絆腳石，人狐戀愛反倒成了人狐仇隙。王百順恩將仇報的行為是令人
髮指的，雲英的死也是令人歎息的。在這裡，男「人」最大的成功是擺脫了
「狐」，而「狐」女最大的錯誤是看錯了「人」。當然，最終，男人必須為自己
的成功付出代價，狐女也要徹底地改正自己的錯誤。這一人一狐的行為最終
凝聚成一個事件，也就是該書第十六回的回目「雲英借刀報前仇」。

誰知道雲英那天被雷擊死，落了一點靈魂，仍歸深山修行而
去。……雲英把百順引進上房，她又指引著玉樓和百順親熱起來。
把百順拴得結結實實的，不能走了。雲英又到了外邊，把黃德引到
酒店之中飲酒，俟他二人交媾之時，再叫黃德來殺他不遲。（第十

六回）

最後的結果是可想而知的：「黃德把王百順從床上扯將下來，就是一刀，呵哎的一聲，人頭落地。」（第十七回）

我想，當眾多讀者看到這一情節時，一百人中間恐怕有九十九個是拍手稱快的，那剩下的一個要麼是像王百順那樣的人中妖孽，要麼根本就是一個白癡。

何以如此，這體現了古人一個樸素的觀念：恩怨分明。

不僅《碧玉樓》體現了這一點，上述《聊齋誌異》《龍圖耳錄》等作品都體現了這一點。不僅本節提到的這幾篇小說作品提到了這一點，諸如《水滸傳》以及「薛家將」「楊家將」「呼家將」等許許多多英雄傳奇小說都體現了這一點。

知恩不報非君子，有仇不雪是小人。

或許有人說，這種恩怨分明的觀念只是市民階層非常浮淺的意識形態，它是不能作為全社會的倫理道德規範的。

其實不然，許許多多貌似最浮淺的東西或許恰恰最深刻。

我們不妨反過來想一下，如果社會中人都不知道報恩，誰還會去呵護他人？如果人們的冤仇得不到洗雪，社會還有公道可言嗎？

人們如果不能做到恩怨分明，就是對善良的踐踏，也是對邪惡的培養。

須知，在善良被長期壓抑而邪惡持續增長之後，就會有人成為禽獸不如的東西。

難道不是嗎？王百順不就是這麼一個東西嗎？

消滅這樣一種東西，是社會的一種進步，在健康的狀態下的進步。

如果更多的讀者能認識到這些，上面提到的那些小說作品就沒有白寫，它們的作者就一定會含笑九泉。

最下流的調笑

在古代小說中，經常有借助漢字本身的特點來進行調笑的描寫。這些諧諧文字，有的很高雅，很有趣味性；有的卻很低俗，乃至於下流，但也有趣味性，當然，那多半是一種低級趣味了。

我們不妨先來看看借漢字字形調笑的例子。

有一個浪蕩公子陳次襄，酷好男色，為了勾引美男子龐文英，用盡心機。最後，不惜用自己的妻子瓊娥去答謝男寵。於是，他們三人之間發生了下面醜惡的一幕：

> 一日次襄出門，閒步玩景。及回進書館，不見文英。遠聽得內廂有人言語，又聞笑聲吟吟，便悄悄潛步進房，把身閃在一邊，見其妻與文英交合，看得動火，不由分說亦扒上床。三個一串，彼往此來，足足有兩個時辰方止。（《鬧花叢》第六回）

這是利用「串」的字型，來對陳次襄等人的淫蕩行為進行調笑。如果說這還是作者調笑書中人物、畢竟不是那麼直截了當的話，那麼，我們且看書中人物相互之間借漢字字型調笑極其淫蕩之事的例證。那是兩個嫖客和一名妓女之間的對話：

> 筱岑涎著臉道：「還不算，須得行個文明外國禮便饒你。」月峰道：「你我都是野蠻中國人，何苦來行文明外國禮呢。並且那麼的禮款，才是文明哩，外國哩。」周三笑道：「寫個『呂』字就是文明外國禮了。」月峰嬌嗔道：「你們到底沒出息，我便是好好兒的中國人，怎犯著學他們的文明禮款寫『呂』字，我『呂』字不高興寫的，要是寫一個中國人的『中』字，倒不好嗎？」筱岑、周三大喝起采

來。……喝采已罷，筱岑道：「這『中』字寫起來，只怕樣兒不好看，何也呢？你寫的一個『口』字寫的狠小，我寫的一個『|』字，非凡之長，敢是不相稱嗎？」月峰一拔嘴道：「瞎說！不要『中』字寫不成，倒寫成了一個『山』字。」周三大拍其掌道：「妙極了，這個『山』字如何想出來的呢。」月峰道：「樂不可極，我們喝酒罷！」於是喝著酒。(《商界現形記》第七回)

字型之外，在中國古代小說中描寫書中人物借漢字的一字多義進行下流調笑的例子就更多了。

清代中葉有一部小說名叫《諧佳麗》，又名《風流和尚》，那裡面的和尚可真是風流到了極點，尤其是其中一個法號淨海的和尚，更可謂「風流」到了「下流」的地步。就連他扮作道姑去誘姦某夫人時所說的笑話，也是最為下流的。

淨海道：「奶奶，此女僧帶得幾件而來。我想常有相厚的寡居，偶然留歇，若是不曾帶在身邊，便掃了他的高興，所以緊緊帶定。」夫人道：「無人在此，借我一看，怎生模樣一件東西，能會作怪？」淨海道：「此物古怪，有兩不可看：白天裏不可看，燈火之下不可看。」夫人笑道：「如此說，終不能入人之眼了。」淨海亦笑道：「貫能入人之眼。」夫人道：「我說的是眼目之眼。」淨海道：「我曉得也！故意逗著作耍。」(第三回)

借「眼」來說雙關語，期以打動對方的春心，從而達到誘姦的目的，淨海和尚最終如願以償了。但是他的無恥下流的油嘴滑舌也給讀者留下了很深的印象。但是，如果哪一位讀者認為這種下流的調笑乃是淨海和尚的發明創造那可就大錯特錯了。我們不妨把風流和尚的師父請出來，當然，那並非一位法師高僧之類的人物，而是一個販賣珠子的客人，真名邱繼修。只因他長得面如傅粉，婦人一般，有些不良的女子便非常喜愛他，送他一個外號叫「香菜根」，也就是人見人愛的意思。這一次，香菜根看上了張御史的妻子莫夫人。他趁著張御史上任去了而其妻獨居在家的機會，扮作一個「珠婆」，自稱邱媽，去誘姦那誥命夫人。此事見於明末擬話本小說《歡喜冤家》之中：

邱媽道：「夫人，此物宮女帶得幾件而來，我因常有相厚的寡居偶然留歇，那夜不曾拿在身邊，掃了他的興，所以日後緊緊帶了走的。」夫人道：「無人在此，你借我一看，怎生模樣一件東西能會

作怪。」邱媽道：「夫人，此物古怪，有兩不可看：白天裏罪過不可
看，燈火之前罪過又不可看。」夫人笑道：「終不能入人之眼了。」
邱媽笑道：「慣會入人之眼。」夫人道：「我講的是眼目之眼。」邱
媽道：「我也曉得，故意逗著此耍的。」（第四回《香菜根喬妝奸命
婦》）

細心的讀者一定已經看出，《諧佳麗》中那段描寫幾乎完全照抄《歡喜冤
家》。其實，這種現象在中國古代小說中頗為多見。因為小說這種東西在當時
是不登大雅之堂的，更不存在什麼著作權問題。相同的故事情節，你說來，
我說去，也不存在版權干涉問題，更沒有盜版、打假、維權等說法。無非是通
過一些聳人聽聞的故事，去騙騙讀者，書商和作者由此賺點錢而已。因此，
除了那些作者生前根本沒有出版的小說或者作者立志寫給自己或同儕欣賞的
作品而外，絕大多數的通俗小說作品，都是以娛人為第一目的的。能夠在娛
人的同時寄託一二微言大義，那也就是鳳毛麟角了。故而，我們今天許多小
說研究的「成果」挖掘出某某通俗小說的重大思想內涵、文化韻味、時代意
義等等，多半只是一種「接受美學」的一廂情願而已。作者是不會享受殊榮
或承擔責任的，出版商更不會因此而沾光或承擔連帶責任。

回到本題，看過以上兩則基本雷同的故事，如果哪位讀者以為世界上無
恥下流的油嘴滑舌者就此一風流和尚加上他的師父香菜根，那可又大錯特錯
了。筆者立馬可以在「一而再」的前提之下找出「再而三」，給淨海和香菜根
找到另一個下流伴侶。那一位身份要高級一點，出現在與《諧佳麗》時間相
近的另一部小說《梅蘭佳話》之中。

芷馨曰：「這裡幸得小姐斜飛一著，不然幾被秦相公破了
眼。」雪香曰：「外關未緊，破眼的時節還早。我與小姐打個同心
結看。」猗猗曰：「我不打結。」芷馨曰：「這著讓了他罷。」（第二
十九段）

相對於淨海和尚學習香菜根而言，丫鬟芷馨對兩位男扮女妝者的學習顯然是
帶有創造性的。嚴格而言，是《梅蘭佳話》的作者較有創新意識。這裡的玩
笑，儘管底蘊也很下流，但表面卻顯得非常高雅——借下圍棋而言房中事。
因為上兩段是淫僧或浪子扮成的女性與蕩婦嬌娃之間的調笑，而此處則是丫
鬟芷馨暗中幫助才子情郎雪香與小姐猗猗的戲謔。在這裡，雙關語說得更為
恰切，如「雙飛燕」，如「破眼」，如「同心結（劫）」，這些圍棋術語，都被那

丫鬟自然而然地信手拈來，而又恰如其分地暗示了兩性之關係，自然比以上二書要有趣得多。

孰料《梅蘭佳話》亦有效尤者。晚清「晚」到後來的光緒年間，有一部章回小說《蘭花夢奇傳》，其中也寫到這種「雅」掩蓋下的「俗」——借圍棋言房事：

> 寶珠此刻才覺熟識些，正要起身，聽他這一番話，臉一紅，又坐下來。寶林笑道：「你儘管同他鬧笑話，他怎麼好意思呢？你倒真是個趣人。」銀屏道：「再不敢戲耶？好嫂子，來罷！」就將寶珠扯過來，坐下道：「我今天替哥哥代印，來點你這隻眼！」寶林等止不住個個大笑。（第二十一回）

這裡的寶林、寶珠是親姐妹，而銀屏則是她們未過門的弟媳婦，同時，寶珠又是銀屏未過門的嫂子。就是在這三個閨中少女富貴悠閒的生活場景中，市井蕩婦的語言「我今天替哥哥代印，來點你這隻眼」，居然在玉子圍棋的掩蓋下由一個未曾出嫁的千金小姐脫口而出。與《梅蘭佳話》中「點眼」的「脫口秀」出自丫鬟之口相比，這裡竟至出現於閨閣千金的謔笑之中，大概也算是一種「百尺竿頭更進一步」了。

整體而言，《梅蘭佳話》《蘭花夢奇傳》這類晚清小說並不一定強過《歡喜冤家》或《諧佳麗》，但僅就「點眼」的描寫而言，它們還是高出《歡喜冤家》而更將《諧佳麗》甩在百里之外的。達到這種效果，原因有二：其一，寫「下流」而借助「高雅」。其二，雖「模仿」而更富「變化」。

但無論如何，這些通俗小說一而再再而三地借「眼」來作男女間的調笑，也算下流到不能再下流的地步了。

然而，這正是中國古代通俗文學的一個重要側面。而且，是這些作品得以流傳廣泛的原因之一。

且不要說這些二三流以下的作品了，就是那些聲名顯赫的戲劇小說名著又能好到那裡去？

多半是未能免俗。

將它們一一點名，實在是一件煞風景的事。

只好作罷！

「徐娘」究竟有多老？

　　「徐娘半老」或「半老徐娘」這樣的詞彙在現實生活和文學作品中出現的頻率不算低。那麼，「徐娘」是誰？「半老」究竟有多老呢？

　　查查史書，「徐娘」原來是一個大人物。她是南北朝時蕭繹的妻子，蕭繹為湘東王時，她是王妃；蕭繹當了皇帝（即梁元帝）以後，她就是皇后。但此女生性好淫，老而不衰，故被後人作為「資深淫婦」的代表。且看史書本傳所記：

> 元帝徐妃，諱昭佩，東海郯人也。……妃以天監十六年（517）十二月拜湘東王妃。生世子方等、益昌公主含貞。妃無容質，不見禮，帝三二年一入房。妃以帝眇一目，每知帝將至，必為半面妝以俟，帝見則大怒而出。妃性嗜酒，多洪醉，帝還房，必吐衣中。與荊州後堂瑤光寺智遠道人私通。酷妒忌。見無寵之妾，便交杯接坐。才覺有娠者，即手加刀刃。帝左右暨季江有姿容，又與淫通。季江每歎曰：「柏直狗雖老猶能獵，蕭溧陽馬雖老猶駿，徐娘雖老猶尚多情。」……太清三年（549），遂逼令自殺。妃知不免，乃透井死。帝以屍還徐氏，謂之出妻。葬江陵瓦官寺。（《南史》卷十二）

後來，隨著時間的推移，「資深淫婦」徐娘竟然莫名其妙地變成了「資深美人」的代表。歷史上的很多詩歌都用「徐娘」來比喻年齡稍長而又美貌多情的女性。例如：

　　唐·劉禹錫《夢揚州樂妓和詩》云：「花作嬋娟玉作妝，風流爭似舊徐娘。夜深曲曲灣灣月，萬里隨君一寸腸。」該詩題下作者自注：「禹錫於揚州杜鴻

漸席上見二樂妓侑觴，醉吟一絕。後二年，之京，宿邸中，二妓和前詩，執板歌云。」

明‧張元凱《俠客二首》「青樓多豔婦，雖老覓徐娘。」

清‧趙翼《題許松堂亡姬小像》詩：「徐娘自知老，專恃多情牽。」

上引三首詩中的三位「徐娘」，身份並不完全相同。第一首所言似乎為家庭歌妓，第二首所寫則明明白白是青樓女子，第三首所記身份更是不同，乃文人小妾也。由此亦可得出一個結論：「徐娘」既可以代指青樓娼妓，也可以指良家婦女。

接下來的問題是，女子多大年紀就有可能被稱之為「徐娘」呢？

這個問題可要區別對待了，大量的事實證明，良家婦女和青樓娼妓在被稱為「徐娘」時，年齡有較大的差距。

良家婦女中的「半老徐娘」，一般會在其子女已長大成人或她本人年齡三十好幾乃至四十左右。中國古代小說對此有大量的描寫，聊舉數例：

清代康熙年間的小說《女仙外史》中，寫母女二人同時去見大王劉通，女兒是青春少女的美，母親則是半老徐娘的媚：

> 年少的：眉含薄翠，眼溜清波。……那年長的：膩香生髮，偶點霜華。淡玉為腮，半消紅澤。腰肢嫋嫋楚宮之柳何如；體態輕盈洛水之鴻奚似？若非三少夏姬，即是半老徐娘。……劉通又問什麼姓名？說：「姓柳，名非煙。」劉通笑道：「真是蘇州的好名字。」又指著女秀才道：「你不像她的母親。」柳兒答道：「他是嫡嫡生下我的母親。」劉通道：「雖是母親，還可做得姊妹。」（第七十回）

這位母親「女秀才」，至少應該是三十多歲了吧，因為她的女兒業已發育成熟，善於調情了。而較之《女仙外史》稍晚的道光年間的《兒女英雄傳》中所寫的一位舅太太「徐娘」，年齡應該更大一點。

> 只聽舅太太從西耳房一路嘮叨著就來了，口裏只嚷道：「那兒這麼巧事，這麼件大喜的喜信兒來了，偏偏兒的我這個當兒要上茅廁，才撒了泡溺，聽見忙得我事也沒完，提上褲子，在那涼水盆裏洗了洗手，就跑了來了，我快見見我們姑太太。」安太太在屋裏聽見，笑著嚷道：「這是怎麼了？樂大發了，這兒有人哪！」說著，早見她拿著條布手巾，一頭走，一頭說，一頭擦手，一頭進門。及至

進了門，才想起姑老爺在家裏呢；不算外，還有個張親家老爺在這裡；那樣個暢快爽利人，也就會把那半老徐娘的臉兒臊了個通紅。

（第三十五回）

當時，書中的主人公安驥早已結婚，而且是金玉兩位夫人。此刻他又中了「順天鄉試第六名舉人」。於是，全家高興得一塌糊塗，尤其是他的舅媽的行為更是讓人忍俊不禁。值得注意的是，安驥的這位舅媽乃是他母親的嫂子，年齡應該不會小於「安夫人」。故而，這位半老徐娘的舅太太年紀當在四十左右。

與上面兩部小說相比，清末光緒、宣統年間的小說《九尾龜》所寫到的良家婦女中的半老徐娘則更是呈「批發」態勢：

只見包廂內坐著一位服御輝煌的中年婦人，旁邊還坐著一個少婦。那中年婦人約莫有四十餘歲，面上卻還不甚看得出來，看著只像個三十多歲的樣子。徐娘年紀，未褪嬌紅；中婦風情，猶傳眉嫵。

（第四十九回）

貝夫人回到家中，母女二人十分懊惱。貝小姐紅著眼圈，含了一汪珠淚，默然不語。貝夫人也背過臉兒暗中流淚。……一夜之中，一個半老徐娘，一個盧家少婦，不知流掉了許多眼淚。（第五十一回）

卻說章秋谷心上暗想：要想轉這位伍小姐的念頭，一定要把這位舅太太巴結好了，方才好借著他做個崑崙奴。更兼看著這位舅太太雖然已經年過三旬，卻也生得身段玲瓏，豐神俊俏。……秋谷急忙忙拿過帳單來，簽了個字，同著舅太太一同走了。他們兩個人，一個是半老徐娘，一個是江南名士。鴛鴦顛倒，春風半面之妝；雲雨荒唐，錦帳三生之夢。（第一百十一回）

秋谷是本來認得這兩位寶貨的，現在不免又細細的把他們打量一回，見他們雖然差不多都有三十餘歲，卻還是細腰長腕，皓齒明眸，看上去也不過二十幾歲的樣兒。……正是：徐娘半老，猶為墮馬之妝；孫壽中年，尚作回風之舞。（第一百二十三回）

《九尾龜》中所寫的這四位良家婦女（儘管她們的行為都不良）中的半老徐娘，年齡都在三十多至四十歲左右，書中的表達甚為清楚明白。然而，更有意味的是，同樣是這部《九尾龜》，卻也寫了青樓娼妓中的半老徐娘，那年齡

可是小了一大截。先看例子後說話：

> 這金寓原是上海灘上數一數二的人物，年紀已有二十五六的光
> 景，雖然半老徐娘，卻是尚饒豐致。（《九尾龜》第六十五回）

金寓的身份是妓女，但在男人心目中二十五六的光景就已經是半老徐娘了。那麼，這種情況是偶然的還是普遍的呢？如果多看幾部小說，自然可以找到答案：

《花月痕》第七回寫到一些無聊男人給當時的妓女弄了一個《重訂並門花譜》，其中殿軍是一個名叫王福奴的。那麼，她有多大年齡呢？書中寫道：「再看第十名是：夢尾香王福奴。福奴姓王氏，字惺娘，年二十三歲，代北人。楊柳多姿，桃花餘豔，以殿群芳，亦為花請命之意云爾。」而該書第四十三回又一次寫到這位「桃花餘豔」的二十多歲的妓女時，書中人物竟然直呼她為「徐娘」了：「福奴笑道：『有是有了一句，只不好意思說出。』大家道：『說罷，《詩經》裏頭有什麼不好意思說的？』福奴笑說：『中心……』又停了。芝友接著道：『養養。』便拍手哈哈笑道：『妙！』紫滄道：『徐娘雖老，丰韻猶存，竟會想出這個令來！』大家也賀了一杯。」

無獨有偶，晚清另一部小說《海上繁華夢》也寫了一位名叫阿秀的妓女，僅僅二十多歲，便有年長色衰之歎：

> 跟巧玲的娘姨名叫阿秀，本來也是個有名妓女，嫁了人，不安
> 於室，又出來的，如今已是二十四五歲了，自知年長色衰，因此買
> 了一個小清倌人，招接幾戶熟客，生意倒也不甚落寞。（初集第十
> 回）

這裡雖然沒有直稱阿秀是「徐娘」，但對於一個妓女而言，「年長色衰」應該是比「半老徐娘」更為嚴重的「狀態」。二十四五歲，對於一名妓女而言，確實是一個非常危險的年齡。一過了這個年齡，幾乎就是半老。而對於這種大齡妓女，除了「徐娘」的美稱而外，還有一個更為難聽的名字——老蟹。還是那部《海上繁華夢》，告訴了我們這一事實：

> 其實瞞年紀是做妓女最惡的惡習，也是一件無可奈何的難事。
> 若然預先不瞞去三歲兩歲，一到二十以外，倘沒嫁人，遇了多嫌些
> 的客人，就要說年紀大了。再過三年兩年，一到廿四五歲，更要說
> 是老蟹。（二集第九回）

因為怕當「徐娘」，更怕當「老蟹」，故而大多數妓女都學會了隱瞞年齡。誠如

晚清小說《九尾狐》所言：「故做妓女的，有年年十八之誚。」（第五十二回）但是，這種隱瞞年齡的事又能拖得多久呢？

人世間的事真是太不平等，同樣是利用色相來勾引異性，就因為妓女是「專業」的，卻需要隱瞞年齡，而那些不良的良家婦女因為是「業餘」的，所以不怕暴露自己的「春秋」。但仔細想一想，路邊柳枝般的妓女勾引異性乃是一種商業行為，是出於不得已，而那些出牆的紅杏們則是一份閒情逸致，是吃飽了撐的。如此看來，路邊柳相對於出牆花而言，豈不是更大的不幸？

「人生最苦是女子，女子最苦是妓身！」

《金雲翹傳》第十一回所載女主人公王翠翹的詩句真是發自肺腑的血淚呼號。

水鬼・替身・人性光閃

　　對於中國一般崇佛的善男信女而言，他們並沒有全盤接受原始佛教的教義，而是有點「拿來主義」的味道，亦即根據自己的需要或理解來詮釋佛教。譬如在佛教的許多說法中間，中國的普通民眾最能接受的乃是「因果報應」以及與之相關的「六道輪迴」理論。他們相信世界上萬事萬物、尤其是人的命運，都是有因必有果，無果必無因的。而「六道輪迴」則是「因果報應」的進一步闡發，指的是人們在現實世界中活動（作業）不同而產生的不同報應。人們的前世、今生、來世永遠在六道中流轉，如同車輪一般循環，無窮無盡。要想超越六道輪迴，只有皈依佛門。

　　那麼，所謂「六道」指的是什麼呢？簡言之，就是地獄、餓鬼、畜生、阿修羅、人、天。這裡需要解釋的是「阿修羅」和「天道」。所謂「阿修羅」，乃是梵文音譯，意謂「不端正」、「非天」等。原為南亞次大陸古老神話中的惡神，佛教沿用而變化之，收為天龍八部之一。「阿修羅」是界乎「人」與「畜生」之間的「道」，但中國人一般不太涉及這一「道」。至於「天道」，則是人人都想進入的。「天道」包括「三界諸天」，亦即所有未成佛的天神。而漢傳佛教除了原始佛教的外國「諸天」以外，還包容了中國本土諸多神祇，甚至還納入道教諸神。總而言之，在中國普通民眾的心目中，能夠死後升入天道，那是最滿意的。其次，則是「輪迴」進「人道」，尤其是做一個男人、一個具有福、祿、壽的男人。

　　舉個例子吧，譬如一個在河流中淹死的水鬼，當他的作為鬼的「作業」完成以後，可以投胎為「人」，但前提是必須找一個「替身」代替他當水鬼。具體做法是，「資深」水鬼將一個命中注定要由「人」輪迴到「鬼」的倒楣蛋

拉到水中，使之成為「新生代」的水鬼。

對於所有的長期受到「水厄」之苦的水鬼而言，這毫無疑問是一個根本的解脫，是告別黑暗走向光明的關鍵。每一個能夠找到替身而使自己脫胎換骨的水鬼都會為之振奮、為之歡欣，都會毫不猶豫地去找替死鬼。然而，在中國古代小說的人物畫廊中，卻有這樣一個人物形象：他身為水鬼，並且業滿，也已明確得知替死鬼是誰，但是，就在那生死轉換的一瞬間，他中止了自己的行為。讓生者繼續生存，而自己則繼續留在冰冷的河水中當「鬼」。

這人，不！這「鬼」，就是王六郎。他是《聊齋誌異·王六郎》這一篇的「主鬼公」。

聊齋先生交代，水鬼王六郎與一個姓許的漁民結成很要好的朋友。小王幫助老許打到很多的魚，而老許則經常請小王喝點酒。但是，有一天，王六郎忽然表現得非常悽楚的樣子。經過老許再三詢問，他說出了一個驚天的秘密：「我實鬼也。素嗜酒。沉醉溺死，數年於此矣。……明日業滿，當有代者，將往投生。」老許因為和他交往的時間長了，覺得他就是水鬼也沒有什麼可怕的。於是進一步問他「替死鬼」是誰？王六郎回答說：「兄於河畔視之，亭午，有女子渡河而溺者，是也。」第二天，老許果然看到了下面一幕：「果有婦人抱嬰兒來，及河而墮。兒拋岸上，揚手擲足而啼。婦沉浮者屢矣，忽淋淋攀岸以出，藉地少息，抱兒徑去。當婦溺時，意良不忍，思欲奔救；轉念是所以代六郎者，故止不救。及婦自出，疑其言不驗。」

到了晚上，王六郎居然又跑到老許這兒來了。老許當然要問他白天是怎麼回事？王六郎回答說：「女子已相代矣；僕憐其抱中兒，代弟一人，遂殘二命，故捨之。更代不知何期。或吾兩人之緣未盡耶？」這樣一種回答，就連老許都很欽佩，讚揚他說：「此仁人之心，可以通上帝矣。」

故事的最後，聊齋先生告訴我們，王六郎「一念惻隱」，果然讓天帝知道了。為了表彰王六郎的「善念」，乾脆下令讓他超越「人道」而直升「天道」，「授為招遠縣鄔鎮土地」。

《聊齋誌異》中的王六郎這個人物是非常感人的。作為一個水鬼，他在有機會「升格」為人的時候，居然主動放棄了。是什麼東西促使他這樣幹呢？惻隱之心，用現在的話講就是同情心，就是愛心。因為他看到了替死鬼懷中的嬰兒，如果讓這位婦人替死，無異於以二命代一命。於是，他選擇了放棄。將「生」的權力交給了別人，將「死」的痛苦留給了自己。

這是絕大多數的「人」都無法做到的，但一個「鬼」卻做到了。

蒲松齡給我們講了這麼一個故事，大概是想讓那些過於自私自利的「人」在這個捨己為人的「鬼」面前感到無地自容吧。

但是，這樣的故事模式卻並非蒲老先生首創。在蒲松齡二十出頭的康熙初年（1622左右），就有一本名叫《生綃剪》的擬話本集出版，其中的第十三回就講了一個水鬼在找替身時因為惻隱之心而放棄的故事。這個鬼的名字叫做趙成章，且看他在事後對好朋友柳如山的講述：「那日黃昏時分，當方土地將那人姓名年貌開明，著鬼判押送陰魂與我。我在水口樹根之下，正伺候他，只見他走來了。我先將透骨冷氣連吹他幾口，他打了幾個寒噤。原來是個三十來歲的乞兒。手中捏著一個碗『咣』的一聲，打碎在地。我到吃了一驚。他雖是魂出之人，且是曲了腰，將碎碗細細摸在手裏。」

那乞兒撿回摔碎的破碗碎片幹什麼呢？接下來，作者讓那乞兒做了兩點內心表白。其一，是說這打碎了的碗，無論丟到哪裏都會割壞別人的腳。於是，乞兒「只得將碗片盛在破布袋裏」帶回去。其二，乞兒又說回家不能向老娘說自己摔碎了碗，「阿娘倘問起碗，只說夥計借用用，省得他愛惜不快活。」針對這兩點，趙成章作出了一個令人意外的決定：「我在他左右正要動手，只因聽他這番說話，乃是個方便行孝之人，不覺動我慈心，就縮了手。依舊還了他的魂靈，放他過去，情願從容幾時，憑天發落。」

趙成章之所以放過乞兒，是因為他處處為別人行方便。用現在的話講，就是他心中裝著別人。故而，這與人方便的乞兒就從趙成章那兒得到了最高獎賞——取消死刑，繼續活下去。當然，這是更為高尚的趙成章以自己的「做人資格」換來送給乞兒的。然而，上天同樣是不會辜負趙成章這種大善之「鬼」的，他也被玉皇上帝「推補山東兗州府城隍之職」，得到了比人還好的待遇。

整體而言，《聊齋誌異》中王六郎的故事應該是受到《生綃剪》中趙成章的影響的。而王、趙二人基本相同的感人之處，也恰恰在那種惻隱之心，那種對善良和真愛的呵護，那種人性光彩的熠熠閃耀。他們雖然都是「鬼」，但是卻比某些人還要「人」得多！

然而，如果我們對這兩篇小說作品作全面考察，就會發現，在人物塑造方面，《聊齋誌異》卻比《生綃剪》有青藍之勝。

何以見得？因為王六郎比趙成章更可愛。

何以如此？因為他們之所以成為「水鬼」的死因不同。

王六郎淹死水中，原因很簡單，也很有個性：「素嗜酒，沉醉溺死。」原來他是由「酒鬼」變成「水鬼」的。而趙成章成為水鬼的原因可就複雜多了，且看他本人的陳述：

> 只因我十九歲上，鍋中暖酒，偶有蒼蠅十四個，我戲將扇子撲入鍋內。他口中嗡嗡之聲求救，我看他在酒面上飛旋有趣，不解他的說話，一時聽他淹死。早有日遊神將我罪過記了，初一日類奏天曹，道我故殺生命一十四口，隨喜淹亡。上帝要減我陽壽十載，仍受水死之報。只因日後行醫，施捨瘧痢草藥一年，仍復陽壽，反增一紀，活了七十六歲。我因到此處行醫，被人謀取枉謝錢十兩，沒水而死，該有四百八十五日水鬼之難。

原來他的死如同他最後當城隍一樣也是一個因果報應。

在一個故事中有一層因果報應本來就令人感到不爽了，更何況這位趙先生人而鬼、鬼而人都是因果報應，那簡直令人窒息。

趙成章與王六郎，一個死於因果，一個死於嗜酒，哪個死得更瀟灑？當然是王六郎！哪個死得更真實？當然還是王六郎！

不要小看筆下人物這個微不足道的「死法」，它正是《聊齋誌異》的作者蒲松齡比《生綃剪》第十三回的作者「有硯齋」更為高明之處。

死人斬了活人腦袋

　　《聊齋誌異》中有這麼一個故事：豪紳「某弟」和縣宰都曾陷害一個名叫武承休的人及其親屬，甚至負有命債。而武承休對一個名叫田七郎的獵戶有大恩。後來，這位田七郎為武承休報仇，殺了「某弟」，然後自刎。最為出人意料的是，當縣宰來覆驗田七郎屍首時，死去的田七郎居然手刃了縣宰的腦袋。那真是驚心動魄的一幕：

> 　　一日，某弟方在內廨，與宰關說，值晨進薪水，忽一樵人至前，釋擔抽利刃，直奔之。某惶急，以手格刃，刃落斷腕；又一刀，始決其首。宰大驚，竄去。樵人猶張皇四顧。諸役吏急闔署門，操杖疾呼。樵人乃自剄死。紛紛集認，識者知為田七郎也。宰驚定，始出覆驗，見七郎僵臥血泊中，手猶握刃。方停蓋審視，屍忽崛然躍起，竟決宰首，已而復踣。（《聊齋誌異·田七郎》）

田七郎「生殺」一人，「死殺」一人，都是因為受人大恩、殺身相報的傳統思想在起作用。蒲松齡寫這樣一篇作品，也是為了表彰田七郎這種恩義分明之人。並且，聊齋先生還在這一篇的「異史氏曰」中對田七郎生前報仇未「徹」而死後憤然「續報」的行為表達了由衷敬佩：「七郎者，憤未盡雪，死猶伸之，抑何其神？使荊卿能爾，則千載無遺恨矣。苟有其人，可以補天網之漏；世道茫茫，恨七郎少也。悲夫！」

　　偉大的文學家永遠都是社會中最廣大的弱勢群體的代言人，蒲松齡亦如是。試想，在那黑暗的時代，普通人受到貪官污吏、土豪劣紳聯手的欺壓，有冤無處伸，難道不希望有田七郎這樣的人物出現嗎？因此，蒲松齡「苟有其人，可以補天網之漏；世道茫茫，恨七郎少也」的感歎，是代表蒙受冤屈的廣

大民眾而發出的。他所塑造的田七郎的藝術形象，也是符合一般民眾的道德觀念和審美需求的。他所描寫的田七郎死後還能殺掉仇敵的場面也是激動人心的。

然而，這種「死人斬了活人腦袋」的描寫，卻不是蒲松齡的首創，在蒲松齡剛剛出生不久就已刊行的一部擬話本小說集《豆棚閒話》中，就有一個類似的故事：「兩班牢子大聲喝起堂來，將黨都司挽進營來，要他下跪，黨都司挺身罵不絕口。南團練故意搖搖擺擺，做那得意形狀，上前數數落落。黨都司將自己舌頭嚼得粉碎，照臉噴去。南團練掩了面口，復去坐在位上，罵道：『你如此性烈，如今插翅難飛，少不得受我磨折。』道言未了，那黨都司咽喉氣絕，覺得怒氣尚然未平。左右報導：『黨都司已死，手足如冰。』南團練徐徐走近前來，上下摸看，果然死了。忙叫左右備起幾桌酒席，請了許多弟兄，開懷吃個得勝之杯。一邊叫人將黨都司騎的馬攏將過來，扶他屍首坐在馬上，那口雁翎刀也插在他懷裏，然後大吹大擂起來。南團練手持一杯，走到黨都司屍前罵道，『黨賊，你往日英雄何在？今日也死在我手！』將酒杯往他臉上一澆，依舊轉身將往上走。口中雖說，心下卻不堤防。不料那馬縱起身來，將領鬃一抖，大嘶一聲，黨都司眉毛豎了幾豎，一手就把懷中所插之刀掣在手內。兩邊盡道：『黨都司活了！黨都司活了！』南團練急回頭看時，那雪亮的刀尖往上一幌，不覺南團練之頭早已落地。眾人吃了一驚，黨都司僵立之屍才撲倒在地。」（《豆棚閒話》第十一則）

同樣是受到惡人的陷害、凌辱，同樣是悲憤至極，結果，同樣是死後取了仇人的腦袋。這麼多的相同點，使我們可以考慮蒲松齡寫《田七郎》是否受到這一篇擬話本小說的影響。然而，二者之間的不同點也是有的。田七郎是為恩人復仇，而黨都司則是為自家雪恨。相比較而言，田七郎的境界畢竟比黨都司更高一籌。這也正是聊齋先生的思想境界高於一般擬話本小說作家的地方。

就藝術功力而論，則可謂各有千秋。因為《聊齋誌異》是文言小說，而《豆棚閒話》是白話小說，故而「聊齋」的敘述簡約、精練，「豆棚」的描寫細膩、曲折。然而，二者在藝術上也有共同點：都非常生動，非常感人，非常具有震撼力，都如電石火花、驚風快雨一般迅捷！

最後的最後，兩位英雄人物的轟然「倒地」，尤為乾淨利落！

那是他們「靈」與「肉」的鬱積全體釋放以後心滿意足的標誌！

時光老人真是一個壞老頭

　　時光老人其實是一個壞老頭。當人們生活在痛苦、焦急的境況中的時候，他老人家往往故意放慢步伐，老牛拖破車一般的一步三回頭，讓你情急不已；但是，當人們享受幸福或纏綿悱惻的時候，他卻駕起千里馬，風馳電掣，讓你連連感歎，太快了！太快了！遺憾不已。南朝劉宋時有一首《讀曲歌》，只有短短的四句，說的就是後面這種情況。歌曰：「打殺長鳴雞，彈去烏臼鳥，願得連冥不復曙，一年都一曉。」（《樂府詩集》卷四十六）

　　你看，男女在一塊享受快樂，希望這個夜晚更長更長。因此討厭雞叫聲，討厭鳥叫聲，甚至於希望出現奇蹟：永遠都是黑夜，一年只天亮一次！

　　這樣一種情緒，自然會影響到小說創作。果然，在蒲留仙的作品中，就出現了那麼一個為了一親芳澤而情願接受皮肉之苦再長再長一些的癡情種子孔雪笠：

> 少間，引妹來視生。年約十三四，嬌波流慧，細柳生姿。生望見艷色，嚬呻頓忘，精神為之一爽。公子便言：「此兄良友，不啻同胞也，妹子好醫之。」女乃斂羞容，揄長袖，就榻診視。把握之間，覺芳氣勝蘭。女笑曰：「宜有是疾，心脈動矣。然症雖危，可治；但膚塊已凝，非伐皮削肉不可。」乃脫臂上金釧安患處，徐徐按下之。創突起寸許，高出釧外，而根際餘腫，盡束在內，不似前如碗闊矣。乃一手啟羅衿，解佩刀，刃薄於紙，把釧握刃，輕輕附根而割。紫血流溢，沾染床席。而貪近嬌姿，不惟不覺其苦，且恐速竣割事，偎傍不久。（《聊齋誌異‧嬌娜》）

一個大男人，在接受「外科手術」的時候，居然被美麗的女醫生所迷惑，情

願這手術的時間無限延長，因為手術一旦結束，他就不能與「她」長相依偎了。這樣的男人，讓人說他什麼好呢？真是個癡情漢！

然而，如此癡情的絕非男兒而已，女子也有同樣的情癡情種，而且是大家閨秀。且看下面這位貞娘小姐對時間的感覺：

> 當天，這只巡洋艦駛到南京，第二日晚間出了吳淞口，第三日就過了黑水洋。這天，貞娘已能下床行走，但與鄧述禹相處得十分親熱，唯恐一到天津就要分手，所以反嫌這船行得太快了。（《女子權》第三回）

以上這些男男女女，為了幸福時光的延長，恨不能拖住時光老人的千里駒，唱叫揚疾：「馬兒啊！你慢些走，慢些走！」但時光老人的千里駒仍然惡作劇般地一往無前。

時光老人真是一個壞老頭！

我願變成什麼？

有一首大家都熟悉的歌，最後一段唱道：「我願做一隻小羊，跟在她身旁，任憑她用著放牧的鞭子，不斷輕輕地打在我身上。」寫出了青年男子對所戀女子如膠似漆的愛。為了能夠接近所愛之人，寧可將自己變成一隻小羊。

這種創意，或許來自《聊齋誌異・阿寶》，且看該篇寫孫子楚靈魂出竅變成鸚鵡接近心上人阿寶的描寫：「歸復病，冥然絕食，夢中輒呼寶名。每自恨魂不復靈。家舊養一鸚鵡，忽斃，小兒持弄於床。生自念倘得身為鸚鵡，振翼可達女室。心方注想，身已翩然鸚鵡，遽飛而去，直達寶所。女喜而撲之，鎖其肘，飼以麻子。大呼曰：『姐姐勿鎖！我孫子楚也！』女大駭，解其縛，亦不去。女祝曰：『深情已篆中心。今已人禽異類，姻好何可復圓？』鳥云：『得近芳澤，於願已足。』他人飼之不食，女自飼之則食。女坐，則集其膝；臥，則依其床。如是三日，女甚憐之。」

其實，蒲松齡也不是這種「我願變成什麼，來到心上人身邊」的情節之始作俑者。明代馮夢龍編輯之《掛枝兒・歡部二卷》中有一篇題名《變》的小曲是這樣寫的：「變一隻繡鞋兒在你金蓮上套，變一領汗衫兒與你貼肉相交，變一個竹夫人在你懷兒裏抱。變一個主腰兒拘束著你，變一管玉簫兒在你指上調。再變上一塊香茶也，不離你櫻桃小。」多麼自信而強烈，多麼熱辣而曉暢，多麼恣肆而露骨。在明代的民間小曲中，歌手們總是習慣讓感情的潮水放縱奔流，沒有遮遮掩掩，沒有吞吞吐吐，沒有扭扭捏捏。說什麼在「身邊環繞」，那遠遠不夠！勇敢的多情哥哥要變成與妹妹最貼身的東西：套在她腳上的鞋子、穿在她身上的汗衫、躺在她懷裏的竹夫人、圍在她雙乳的抹胸兒、

拿在她手上的玉簫、含在她嘴裏的香茶……總之，要與她零距離接觸！這是多麼狂放的愛情表白呀！

進而言之，這首《變》又是從一千多年前東晉時陶淵明《閒情賦》中「變」過來的。請看：「願在衣而為領，承華首之餘芳。……願在裳而為帶，束窈窕之纖身。……願在髮而為澤，刷玄鬢於頹肩。……願在眉而為黛，隨瞻視以閒揚。……願在莞而為席，安弱體於三秋。……願在絲而為履，附素足以周旋。……願在晝而為影，常依形而西東。……願在夜而為燭，照玉容於兩楹。……願在竹而為扇，含淒飆於柔握。……願在木而為桐，作膝上之鳴琴。」該篇寫男主人公前後十次變為心中美人的衣領、腰帶、髮膏、眉黛、睡席、鞋子、影子、蠟燭、扇子、桐琴……環繞在心上人的上下左右，形影不離、如膠似漆、夢繞魂牽。這真是一種「纏綿」「膩味」到極點的愛！

再進而言之，這還不是陶淵明的首創。陶淵明自己在《閒情賦》的序言中開篇就說：「初，張衡作《定情賦》，蔡邕作《靜情賦》，檢逸辭而宗澹泊，始則蕩以思慮，而終歸閒正。」顯然，陶淵明是以張衡和蔡邕的作品為楷模的。那麼，他們的賦作中是否有這種「我願變成什麼什麼」的情結呢？檢張衡《定情賦》，雖然只是殘篇，但殘存的最後一句恰恰就是「思在面為鉛華兮，患離塵而無光」。（此二句出自《文選》曹植《洛神賦》李善注）根據漢賦一般做法，張衡當不止這一句「思」，至少應該成雙成對，或者四句、八句乃至更多的。可惜，今天難以見到「全豹」了。至於蔡邕的《靜情賦》，目前沒有能夠看到它隻言片語，無法判斷，但想來也應當有相同的構思。好在蔡邕的另一篇作品《檢逸賦》（也是殘篇）中卻有「思在口而為簧鳴，哀聲獨而不敢聆」的句子。（此二句出自《北堂書鈔》卷一百一十）此後，又有王粲作《閒邪賦》，亦有相類的句式：「願為環以約腕，……」（出《北堂書鈔》卷一百三十六）可惜只有半句。同時，又有應瑒《正情賦》（殘存）云：「思在前為明鏡，哀既餙於替□。」（出《北堂書鈔》卷一百三十六）如此等等，不一而足。

當然，這種「我願變成什麼什麼」的表白，並非全是男性對於女性，也可反向而行，用於女子愛戀男子。如張衡的《同聲歌》中就有這樣的句子：「思為苑蒻席，在下蔽匡床。願為羅衾幬，在上衛風霜。」

如此看來，無論男子對女子抑或女子對男子而言，這種「我願變成什麼什麼」的方式，似乎是張衡的發明了。其實不然，比張衡更早的班婕妤就有《怨歌行》寫道：「新裂齊紈素，鮮潔如霜雪。裁為合歡扇，團團似明月。出

入君懷袖，動搖微風發。」然而，這些男權社會裏女人取悅男人的歌，雖然比喻生動、想像奇特，但總顯得有些自卑和悲涼。

更為有趣的是，儘管筆者在上面列舉了那麼多的例證，來證明中國古代的癡男怨女癡情到「我願變成什麼什麼」，然而，這種情結絕非中國人所獨有。人同此心，心同此理，外國人也有相類似的歌唱，說不定他們才是這種表達方式的始作俑者哩！且看古埃及情歌《心啊，請你輕點兒跳動》中的詠歎：「但願我是她手上的戒指，或是花環，擁抱她的玉顏，撫玩她的酥胸。」（引自王立、劉衛英《紅豆：女性情愛文學的文化心理透視》第十七章）

世界上任何樹木都會枯萎，惟有愛情之樹常青；世界上任何流水都會乾涸，惟有情感之水長流。這種「變」為心上人身邊「什麼什麼」的歌唱，從古代唱到今天，從城市唱到草原，從國外唱到中華，從人寰唱到天外。

難道你沒有聽見嗎？

閨房隱語

先說兩件人生中頗為難堪的事。

一是夫妻或者情侶之間因故分別有年，天各一方，突然間在人多處邂逅相逢。一方發現了另一方，但因為距離較遠或光線黯淡，認不真切。想叫又不敢叫，怕萬一認錯了人不好意思；不叫又不甘心，怕難得的重逢機會失之交臂。怎麼辦？

二是夫妻或情侶進行人世間最平常又是最偉大的「交流」時，或因兒女在側（封建時代有錢人或因奴婢在側），或因房間隔音設備太差，或在旅次乘船之時，男女間直呼要「那個」實在不雅。怎麼辦？

其實，這兩大「難堪」的解決方案是有聯繫的。但有一個前提，那就是先解決第二個問題。

第二個「難堪」的解決方式很簡單，弄一個「接頭暗號」就行了。例如「地瓜」「土豆」或者「月亮」「星星」什麼的。關鍵是兩人聽得懂而不讓第三者聽懂就行了，但有一條，還必須符合當時情景，或者說，是當時可能見得到或聽得到的「東西」，否則別人一聽就知道是「暗號」，那就洩露天機了。例如，你總不能在深夜胡說什麼「夕陽」「朝霞」吧。

第二個問題一旦解決，第一個問題也就迎刃而解了。因為在人多處你怕認錯人的話，就向著那「可能是自己人」的對方大喊早先的「暗號」，反正別人聽不懂，是「排他性」的語言。弄對了一語中的，弄錯了一笑了之，旁人最多認為你是在抒情或夢魘哩。其實，抒情還不就是夢魘？

這「接頭暗號」就是「閨房隱語」。

在中國古代小說中，還真有人寫了上述兩大難堪及其解決問題的最佳方

案。且看：

> 行近數程，忽一舟飆過，見一女子彷彿素蘭一般，雲卿急出
> 船頭，高叫道：「海中水長了！」即見那船女子亦說：「出雲試看燒
> 舟。」末二語系兩人當年夜睡舟中，一欲房事，即說此以看貴同等
> 假寐否？蓋床上隱迷，無人曉得。雲卿一聞這女子所答，必係素蘭
> 無疑。即命船家反棹趕上，拍舟隔認，彼此知係情人，急過舟相會，
> 抱頭大哭。意外相逢，各述所遇。（《繡戈袍全傳》第四十二回）

這位唐雲卿先生曾經與女子李素蘭相好於舟上，為了防止書童貴同等有意無
意聽到二人隱秘，故以隱語約以房事。不料，幾經磨難情侶相逢時，這「閨
房隱語」反倒成了「接頭暗號」，使二人重新比翼雙飛。這樣一段描寫，還是
頗費作者機心的，當然，也有一定的生活依據。

然而，這樣一段有生活基礎的精彩描寫卻並非《繡戈袍全傳》作者的首
創，早在蒲留仙筆下，就有與之相近的描寫。

> 漾舟中流，歘一艇過，中有一嫗及少婦，怪少婦頗類庚娘。舟
> 疾過，婦自窗中窺金，神情益肖。驚疑不敢追問，急呼曰：「看群鴨
> 兒飛上天耶！」少婦聞之。亦呼云：「饞猧兒欲吃貓子腥耶！」蓋當
> 年閨中之隱謔也。金大驚，反棹近之，真庚娘。青衣扶過舟，相抱
> 哀哭，傷感行旅。（《聊齋誌異·庚娘》）

書生金大用與妻子尤庚娘因故失散多年，歷盡艱辛後邂逅於大江之上。然飛
舟似箭，急切間不敢相認。多虧金大用急中生智，高聲喊出了當年閨房隱語，
終於破鏡重圓。

值得注意的是，金大用的夫妻之間的隱語較之唐雲卿情侶之間的暗號而
言，更具風采，更切合閨房隱秘氛圍。唐雲卿們因為是飄泊過程的情侶，故
而觸景生情，說了一些與海、水、雲、舟相關的暗語。而金大用們則是在閨房
中正常的夫妻生活，故而帶有少年夫妻的戲謔。因此，是更為標準的「閨房
隱語」。

但無論如何，這樣兩段人間佳話，若無中間那幾句夫妻情侶間的閨房隱
語穿插其間，一定會減少若干趣味。試想，如果二書都只是寫男女雙方邂逅
於路途或江面，然後驚呼一聲，淚如雨下，抱頭痛哭，那豈不是太普通、太平
常、也太沒有趣味了嗎？

孰知，閨房隱語在特定條件下也有「泛化」的可能。例如，吳趼人有

一篇小說，其中寫到北京的一位公子與自己的表妹兼未婚妻在戰亂之中失散。幾年之後，那公子忽然在上海的一家妓院中看到一名妓女酷似其未婚妻，又不敢貿然呼喚，於是，就搞了一次「準夫妻」之間的「準閨房隱語」的發布：

> 忽然一個妓女，丰姿綽約、長裙曳地而來，走到仲藹右首一個朋友後面坐下。仲藹定睛一看，不覺冷了半截身子。原來這人和王娟娟十分相像，不過略長了些。那妓女也不住的對仲藹觀看。仲藹忽然想起小時候和娟娟一起頑笑，到定了親時，大家背著人常說：「難道將來長大了，還是表兄表妹麼？」這句話，是大家常說的。這個人如此相像，我終不信果然是他。待我把這句話提一提，看是如何？想罷，等那妓女回臉看自己時，便說道：「難道還是表兄表妹麼？」那妓女聽了，登時面紅過耳，馬上站起來，對那客人說道：「我還要轉局去，你等一會來罷。」說罷，拔腳便跑。（《恨海》第十回）

文中的「大家」，並非我們今天常用的「大家」——很多人的意思，而是專指陳仲藹和王娟娟這對未婚夫妻兼表兄妹而言。這樣，他們之間的戲謔才具有閨房隱秘性，才屬於閨房隱語系列。

更有意味的是，閨房隱語並非年輕人的專利，上了年紀的人有時候也要過一把年少風流的癮。且看晚清一部章回小說中轉述的一個故事：

> 有一個人家，老夫妻兩口兒，春秋雖高，愛情甚篤。每日更闌人靜，輒以金花插銀瓶一語，為敦倫暗號。可巧那一天晚上，來了一個說書的瞎先生，到他家借宿。當因地方局促，就在老夫妻臥房外面擺了一床臥具，請他睡覺。及至房內外都睡定了，老頭子就要同老奶奶照常淘氣。無奈老奶奶堅持不肯，說是：「瞎先生睡在外房，相離咫尺之間，倘要被他聽見了什麼動靜，明日出去當作書說起來，看你這嗒大的年紀，老臉朝那裡擺？」老頭子道：「他們走江湖的人，終日辛辛苦苦，一倒頭還不隨著了呢？哪裏還有什麼心思聽你這個把戲？」……老兩口兒只說他真入夢鄉，便放心大膽的行其故智。……（《冷眼觀》第二十三回）

第二天一早，當老頭子要求瞎先生唱一段書文「抵沖」住宿費和餐飲費時，瞎先生將老兩口兒的閨房隱秘現場編成一段新書，好好地戲謔了一頓：「話

說桑榆莊有一對垂老夫妻，頭雖白髮，心正青春。唉！……臨死春蠶，絲猶未斷；當風蠟炬，淚已成灰。你看他呵，良宵無事且從容，一對家雞睡正濃。……」

這個故事，其實就是晚清文人之間流傳的一個「黃段子」，不過，卻是關於「夕陽紅」的黃段子，聽起來總覺得有些無聊。但無論如何，這對老夫妻所用的閨房隱語卻是多多少少有一些詩情畫意的。而瞎先生的調笑也是一種充滿文采的善意。總之，都有些趣味在其中。

文學是要講趣味的，即便是通俗得要命的小說，也要寫得有味兒，有情趣，有盎然的詩意。

不倫不類的「頭銜」

　　但凡有一點名堂的人，總會有一些頭銜。有些人特別喜歡標舉自己的頭銜，如果你不稱他的頭銜他就覺得很不高興，而那些呵屁捧臀者又特別喜歡通過尊稱有權有勢者的頭銜來討好賣乖。於是乎，尊稱頭銜就成為一種饒有趣味的文化現象。

　　其實，愛稱頭銜者自古有之，而且，其中多有不倫不類處。譬如有一幅佳聯是這樣寫的：「羲之書法愷之畫，吏部文章工部詩。」其間涉及四位古代的文化名人，而且是四位在各自的領域取得最高成就的名人代表：王羲之的書法，顧愷之的繪畫，韓愈的文章，杜甫的詩歌。這幅佳聯對仗工穩且有趣味，但其中卻又有點兒白璧微瑕，而問題就出在「頭銜」上。此聯上半是以人名出現，無可挑剔，疑問出在下聯。韓愈、杜甫分別可以用各自的官職代稱之嗎？相比較而言，韓愈稱為「韓吏部」，問題尚不算大，因為他畢竟當過吏部侍郎，相當於今天國家人事部副部長。將這樣一位韓姓副部長尊稱為「韓部長」，今天也還行得通。杜甫就不同了！他充其量也就是當過校檢工部員外郎，最多相當於今天的副司級幹部，怎麼能叫他「杜部長」呢？但前人就這樣叫了，你怎麼辦？這就是虛榮心作怪，而那些不倫不類的頭銜正是從虛榮心這塊「熱土」上孳生的。

　　還有更不像話的頭銜，簡直讓人啼笑皆非，而古人卻講得振振有詞、津津有味。當然，這種現象多半出現在戲劇舞臺上或小說作品中。例如，有一個「一字並肩王」的奇特稱謂，在古代小說中就屢屢出現：

　　　　單雄信忙請太醫與羅成加意醫治。數日之內，把病症調治好
　　了，即當殿保奏，封羅成為一字並肩王，按下不表。(《說唐全傳》

第四十五回）

> 那家人道：「俺家老主人一字並肩王冷千歲三字，人人曉得的；
> 俺家公子冷作其，個個知道的。」（《金臺全傳》第四回）

> 智爺說：「這是小事，哥哥做了皇上，我還不是一字並肩王麼！」
> 鍾雄聽了歡喜，隨即傳令，將巡山大都督的缺，換與智寨主。（《小
> 五義》第三十六回）

> 茂功叫聲：「程兄弟，……救了陛下，加封你為一字並肩王。」
> 咬金說：「什麼一字並肩王？」茂功說：「並肩王上朝不跪，與朝廷
> 同行同坐，半朝鑾駕，誅大臣，殺國戚，任憑你逍遙自在，稱為一
> 字並肩王。」（《說唐後傳》第五回）

尤其是這最後一例，不僅寫徐茂功用「一字並肩王」的頭銜來誘使程咬金保
駕立功，而且還寫「胸無點墨」的程咬金對這個頭銜的大惑不解。更為有趣
的是，徐茂功還向程咬金解釋了被封為「一字並肩王」的「牛皮烘烘」和「實
惠種種」。

那麼，這「一字並肩王」究竟是個什麼爵位呢？中國古代難道真的有這
麼個「王爵」嗎？

究其實，「一字並肩王」的稱號是虛實參半的：「一字」是實，「並肩」為
虛。

古時候朝廷封王，在王爵的前面冠以地名或其他稱謂，有一個字的，亦
有幾個字的，這本來是正常現象。但到了遼代，開始以封「一字」者為尊，稱
為「一字王」。請看相關記載：

清·袁枚《隨園隨筆·官職》：「《遼史》有一字王之稱，蓋如趙王、魏王
之類，皆國王也。若郡王則必二字，如混同郡王、蘭陵郡王之類，較一字王為
卑。」

袁枚的話是有史料作為證明的，而且，上述那些冠以「二字」的郡王原
先都曾被封為「一字王」，只是到了遼道宗大康五年（1079）才被降為「二字
王」的。且看史料：

> 五年……冬十月……壬子，詔惟皇子仍一字王，餘並削降。……
> 己未，以趙王楊績為遼西郡王，魏王耶律乙辛降封混同郡王，吳王
> 蕭韓家奴蘭陵郡王，致仕。（《遼史》卷二十四《道宗紀》）

遼定王爵之制，惟皇子仍一字王，餘並削降。於是趙王楊績降
封遼西郡王，魏王耶律伊遜降封混同郡王，吳王蕭罕嘉努降封蘭陵
郡王。(《續資治通鑒》卷七十四)

從以上記載亦可看出，從遼道宗五年開始，只有皇子才能被封為「一字王」，
其他人都只能享受「二字王」以下稱號。

稍後的金、元時期，政策稍稍寬鬆，皇家宗室亦可封為一字王。例如：

皇統二年定制：皇兄弟及子封一字王者，為親王，給二品俸；
餘宗室封一字王者，以三品俸給之。(《金史》卷五十八)

舊制，皇兄弟、皇子為親王，給二品俸。宗室封一字王者，給
三品俸。(《金史》卷六十六)

清·錢大昕《廿二史考異·哈剌哈孫傳》：「世祖之世，燕、秦、
梁、晉諸王，皆皇子也。自武宗嗣位，而越王禿剌始以宗室得封。
由是齊、楚、齒、寧、濟、定以宗族，郇、魯以駙馬，皆得一字之
封，皆自禿剌啟之。」

阿忽臺有勇力，人莫敢近，諸王禿剌實手縛之，以功封越
王。……哈喇哈孫力爭之，曰：「祖宗之制，非親王不得加一字之
封。」(《元史》卷一百三十六)

由上可見，元代政策較金代更為寬鬆，皇族子弟乃至駙馬，都可以封為「一
字王」。更有甚者，元代末年還有人打報告，希望將非皇族血統的功臣封為
「一字王」。

監察御史聖奴、也先、撒都失里等復言：「……設使脫脫不死，
安得天下有今日之亂哉！乞封一字王爵，定諡及加功臣之號。」朝
廷皆是其言。然以國家多故，未及報而國亡。(《元史》卷一百三十
八)

監察御史聖魯、也先、撒都失里等復言：「……設使脫脫不
黜，軍令不變，群賊早已蕩平，何至有今日之亂？乞封一字王爵，
予諡，加功臣號。」朝廷然之，未及報而國亡。(《新元史》卷二百
零九)

脫脫雖然因為元朝的滅亡未能被封為「一字王」，但在此前的南宋，卻也有一
位非皇族血統的功臣被封「一字王」，請看：

> 先是帝諭秦檜曰：「武臣中無如張俊者比，韓世忠相去萬萬，
> 贈典宜令有司檢討祖宗故事，務從優厚。」及是進呈，帝曰：「俊在
> 明受間有兵八千，屯吳江，朱勝非降授指揮，與秦州差遣，俊不
> 受。進兵破賊，實為有功，可與贈小國一字王。」於是封循王。自
> 淳化以後，異姓不封真王，其追封自俊始。（《續資治通鑒》卷一百
> 三十）

張俊雖然被封的是「小國一字王」，而且是「追封」，但由此亦可見得南北朝廷對待「一字王」的態度不一樣。

正因為在遼、金、元三代，能得到「一字王」的封號是極不容易的，故而當時的通俗文學作家們對此格外垂青，尤其是元雜劇，多次涉及「一字王」。聊舉數例：

> 假若俺高皇，差你個梅香，背井離鄉，臥雪眠霜，若是他不戀
> 恁春風畫堂，我便官封你一字王。（《漢宮秋》第三折）

> 曾道你官封一字王，位列頭廳相，那裡是有官的我預知，也則
> 是你沒眼的天將降。（《陳摶高臥》第四折）

> 我則道官封做、官封做一字王，位不過、位不過頭廳相。想著
> 老無知，老無知焉敢當？（《麗春堂》第四折）

這些作品所描寫的朝代有漢代、宋代、金代，但朝廷中人都將「一字王」視為最高榮譽稱號。

然而，到了明代，「一字王」這個輝煌的光榮稱號卻被下層民眾弄過去「糊弄」一陣，被文化人搞過去「惡搞」一陣，幾幾乎成為一種諷刺了。最好笑的是那些農民起義的領袖，還將「一字王」發揮成為「橫天一字王」去糊弄同儕和愚民們。據載：

> 四月，王子順、苗美自神木渡河，陷蒲縣。適山西逃兵亦至，
> 遂與合，其勢頗熾。子順自號「橫天一字王」，苗美自號「混天王」。
> （明·文秉《烈皇小識》卷二）

> 一字王等部眾十餘萬，高迎祥統十二萬，亦自潼關出犯閺鄉、
> 靈寶。（同上卷四）

現實生活中的「盜魁」可以這樣自稱，文學作品中的俠義強盜們當然也不甘落後：

> 程咬金觀看是真，就率領大小將官出城，迎接入內，到殿上，

裴仁基率三子朝見，……咬金一面又命排宴相待。封裴仁基為逍遙
王，裴元慶為齊肩一字王。（《說唐全傳》第三十二回）

話說那位英雄言道：「我乃天津衛滄州人氏，姓馬，名傑，別號
人稱紅鬍子。……八卦教屢有書信前來，請我入會，封我為一字並
肩王。」（《永慶升平前傳》第二十六回）

這房仁更覺自大，自己稱為混世魔王，封這和尚為軍師，又封
他為一字平肩王，竟然在山招兵買馬，積草屯糧，也被他聚了千餘
人馬。（《蜃樓外史》第十七回）

這裡的「齊肩一字王」「一字平肩王」和「一字並肩王」雖有細微差別，但並
無本質不同。「齊」也罷、「平」也罷、「並」也罷，都是一個意思，無非是說
被封的這位「一字王」與封他的那位更大的「王」之間是「彼此彼此」的「哥
兒們」的意思，他們站在一起，肩膀差不多是在同一水平線上的。

不僅江湖上的英雄好漢渴望當各種各樣的「一字王」，就連市井中的花花
太歲也以這種光榮稱號自詡：

堂倌道：「一字並肩王張千歲大爵主，名松，混名金毛太……」
那「歲」字勿曾出口，那惡少已到。（《金臺全傳》第二十七回）

「一字王」到了這個分上，可謂風光不再了，那些真正的「一字王」們看到
這種「市井調笑」也肯定會哭笑不得。但是，更令人意料之外的卻是「一字
王」的「齊肩」或者「平肩」，居然還被通俗文學作家們調侃為「殺頭」的代
名詞，因為腦袋沒有了，那雙肩可不就「齊」了或「平」了嗎？請看以下兩段
奇文：

（淨、丑弔場）（淨）娘娘，則為失了一邊金，得了兩條王。人
要一個王不能勾，俺領下兩個王號。豈不樂哉！（丑）不要慌，還
有第三個王號。（淨）什麼王號？（丑）叫做齊肩一字王。（淨）怎
麼？（丑）殺哩。（《牡丹亭》第四十七齣）

仲芳道：「你真不相信麼？我不妨再破點工夫念一件鐵據出來
把你聽，你可就明白翁師傅的吃飯傢伙，是真在頸脖上已經是幌了
幾幌了。若不虧孫毓汶、李鴻章他們幾個顧命的老臣，跪在皇太后
面前，沒命的碰響頭求了他下來，莫說是一個翁師傅，就有上幾百
十個翁師傅，也早做一字平肩王了。」（《冷眼觀》第十七回）

上一則是明代戲劇《牡丹亭》中所寫的南宋王朝的北邊劇賊溜金王李全及其

王妃楊娘娘之間的一段插科打諢，下一段是清代小說《冷眼觀》中一位朝廷大臣面對另一位朝廷大臣的一段黑色幽默，輝煌燦爛的「一字王」，被顛覆成這個樣子，恐怕是始作俑者無論如何都想不到的。

看到這裡，我們應該為那些為滿足虛榮心而打造莫名其妙、不倫不類的頭銜的「祖先」們感到深深的可悲和可卑，然而，更令人可悲不已的卻是這種不倫不類的頭銜製造風在中國大地從來就沒有止息過。為說明問題，我們不妨拋開「一字並肩王」系列，舉幾個其他的例子以作過渡。

晚清小說《宦海鐘》中有一個表面清正廉潔、其實靈魂卑污的官員賈端甫，入贅在妻子家，一值得到岳父周敬修的厚愛和資助。而當賈端甫中了進士以後，對他丈人的稱呼卻是令人啼笑皆非的：「賈端甫卻也降階相迎，他向來是跟著似珍姑娘叫爹爹的，這回中了進士，卻在那爹爹上頭加了丈人兩個字，叫了一聲『丈人爹爹』。」（第三回）

「丈人爹爹」，這種奇怪的稱謂表現了新科進士既不想「父視」丈人（因為丈人政治地位低）又不得不「父視」丈人（因為還得從丈人那裡要資助）的窮酸變新貴「突發心態」。這已經惟妙惟肖了，然而還有妙不可言的。同樣是晚清的南亭亭長李伯元有一部小說名叫《中國現在記》，書中有一個朱老四，女婿忽然「實補」了一個官，於是，這位朱老爹就對旁人說：「從來女婿有半子之分，……我這一半老太爺也做得著了。」然後，他的兒子朱福從妹夫的任上回來，父子間的認識更是得到一次理論上的昇華：

> 朱福一一的說了，又告訴他父親說：「如今妹夫做了官，你老若是到衙門裏去，上下人等都得尊你為『外老太爺』。」朱老四到此方明白，女婿做官，丈人老太爺之上是要加一個「外」字的。（第六回）

好一個「半老太爺」，好一個「外老太爺」，真是令人笑斷肝腸。但還有比這更好笑的。清末小說《滿漢鬥》寫兩名女子到官府告狀，你猜她們自稱什麼？

> 金姐、鳳英立而不跪，眼望知縣說道：「郭得平，你家官姑現有十大的冤枉，快與你家官姑捉拿兇惡霸道，與你家官姑報仇雪恨！」郭知縣問道：「你父官居何品？姓甚名誰？家住那裡？快快講來！」金姐、風英見問，回答道：「我們家住山東武定府陽信縣金家營村，我父金好善，皇上恩賜兩榜進士。」（第四回）

兩榜進士出身的人，不管實際上當過官沒有，他的女兒就自稱「官姑」。這種稱為真正可以稱得上滑天下之大稽了。然而，這種奇特的稱謂並非兩名少不更事的女子的混帳話，而是當時老百姓的一種實實在在的稱謂。謂予不信，當後來這兩位女子結拜劉羅鍋的父親為乾爹以後，就連官差也得稱呼她們為「官姑」了。

> 金姐說：「我姐妹在良鄉縣拜劉同勳為乾老，乾老命我姐妹投三哥劉墉府鳴冤。」差人聞言，口稱：「官姑，我二人奉大人差遣前來。」（第五回）

以上這幾位，有的是道貌岸然的新進之士，有的是濁氣衝天的鄉愚俗子，有的是未經世面的天真少女，但同樣都會接受或使用那種不倫不類的頭銜。真正是愚蠢可笑得可以。但是且慢，我們不要笑這些已經古老的賈大人、朱老爹、金姑娘，因為我們今天很多「前衛」得不得了的很有知識的文化人不也在製造同樣低級的以「不倫不類的頭銜」來標榜自己的笑料嗎？

將一種原本應該是「工作狀況」性質的稱謂打印在自己的名片上：博士後。

將一種原本應該是「教學狀況」性質的稱謂填寫在自己的履歷中：碩導或博導。

將一種原本應該是「在崗狀況」性質的稱謂寫在退休後個人簡介裏：二級教授或三級教授。

還有比這更怪的，「什麼什麼委員」、「什麼什麼成員」、「什麼什麼組員」之類……。

不說也罷。

托「千斤閘」的英雄和強盜

　　在一些充滿「陽剛之氣」的中國古代小說作品中，作者為了讓筆下的人物更具有傳奇色彩，往往運用誇張的手法來塑造這些人物。其中，對英雄人物進行力大無窮的描寫，也是誇張的一項重要內容。如《水滸傳》中的魯智深、武松，如《說唐》中的李元霸、薛仁貴等等，均乃如此。而在誇張描寫英雄人物無窮力量的過程中，又有一種頗為特殊的表現方式──托「千斤閘」。

　　目前所知，小說作品中最早描寫英雄人物托「千斤閘」的是《說唐全傳》一書。而這位雙手托起「千斤閘」的英雄人物，乃當時排名「天下第四條好漢」的雄闊海。且看：

> 眾反王都有些知覺，防有不測之變，一齊上馬，飛的一般奔到城下。忽聽得一聲炮響，城上放下千斤閘來，那雄闊海剛剛來到城門口，只見上邊放下閘來，忙下馬一手抱住，大叫一聲。眾王應道：「城內有變！」雄闊海道：「既然有變，你等要出城者，趁我托住千斤閘在此，快走。」那十八家王子，與各路一齊爭出城來，一個一個都走脫了。雄闊海因走了一日一夜，肚子飢餓，身子已乏。跑到後就托了這半日千斤閘，上邊又有許多人狠命的推下來，他頭上手一鬆，撲撻一響，壓死在城下。（第四十一回）

雄闊海雖然能在緊急之中托起千斤閘，但最後還是被千斤閘壓死。毫無疑問，他的死是悲壯的。因為他用自己一人的性命換來了數十位英雄人物的生命，這是一種崇高的犧牲精神。況且，在正常情況下雄闊海本來是不會送命的，只是因為「走了一日一夜，肚子飢餓，身子已乏，跑到後就托了這半日千

斤閘，上邊又有許多人狠命的推下來」，種種客觀原因，導致了這位英雄的悲劇。因此，雄闊海雖然死了，而且是被千斤閘壓死了，但這絲毫不影響他的英雄形象。長期以來，一般中國古代小說的讀者，只知道中國古代有一位托起千斤閘的英雄，他就是雄闊海。筆者少時知道的也就是這麼多，而筆者未「研究」中國古代小說以前的認識，基本上代表了一般讀者的認識。

後來，讀書稍多，又發現另一位托千斤閘的英雄。這人乃明太祖朱元璋手下的開國大將常遇春。且看清代小說中敘寫的故事：

> 天下英雄要出城，老太師吩咐落下千斤閘，常遇春力托千斤
> 閘，天下英雄都打常遇春的兩胳臂底下逃走。（《三俠劍》第一回）

很明顯，常遇春的托千斤閘是直接模仿的雄闊海托千斤閘。所不同者有二：第一，常遇春並未被千斤閘壓死。第二，此處敘述過於簡單，不像《說唐全傳》，至少有一點「描寫」。

說到對英雄好漢托千斤閘的描寫，據筆者的淺陋見聞，恐怕要數《施公案》中寫活閻王李天壽的那段最為成功了。可惜的是，李天壽是一個江湖大盜，在《施公案》中是一個反派人物，而不是像雄闊海、常遇春那樣，屬於正面英雄人物形象。但無論如何，我們還是先看看這位活閻王的表演然後再作評價吧。

> 活閻王搶到城門的時候，恰巧剛要閉城。守城官得知縣飛報，傳令關閉城門，守城官立刻叫軍士將千斤閘放下。軍士奔上城頭，那繩索盤車早已整理了舒齊。眾軍士一齊動手，立刻把絞樁帶定繩索，左右平勻，然後將盤車轉動，那千斤閘板，軋軋的慢慢下來。那知這閘板下得還不到一半，可巧活閻王搶到。他見城上放閘，一跳有丈外地步，直到閘板底下，把槳刀插在腰內，雙手把閘板托住，大叫：「你們快走！」吳成便叫：「二位賢弟快搶城門。」馬英、張寶隨後也到，一齊連躥帶蹦，逃出城關去了。那城上的軍士，見閘板停住不下，說：「這是什麼緣故？」到跟前一望，連說：「下面有個老強盜托住呢！我們來相幫，你用力盤絞，絞死這老忘八的。」眾軍士聽了，個個驚慌，全說：「怪不得絞不下了，我們大家來呀！」那上來的幾個軍士，一齊一幫，拼命的盤絞。……那活閻王雙手托住了閘板，過了吳成、馬英、張寶，三人出城走了，只不見朱鑣到來。他正在著急，忽見上面頓時著力起來，好似泰山一

般壓將下來，老賊兩手發抖，汗如雨下。正在萬分難忍之時，忽見朱鑣到來，離城門不到一箭之地。朱鑣看見師父正抵住閘板，頭上汗如雨下，兩臂東西搖擺，知道來不得了，連忙大叫：「師父休慌，小徒來也！」他便撇了黃天霸眾人，向前飛也似的奔來。正搶到城門相近，只有幾丈地步。豈料背後的黃天霸也就看見了活閻王手托閘板，站在城門洞內，忙向袋內摸出一隻金鏢，照准了李天壽的咽喉，嗖的就是一鏢。那李天壽看見黃天霸緊跟在朱鑣背後，早已用心提防，見他把手一揚，就知是暗器來了，一道金光直奔自己身上而來，叫聲「不好！」只苦的雙手托住閘板，本係正在性命交關的時節，他的身子那裡還好躲嗎？連忙把頭一偏，這隻鏢正中肩頭上。李天壽吼叫一聲，也顧不得徒弟了，把雙手一鬆，身子向外一個脊背翻身跳將出來。這閘板「砰」的一聲，就直閘到底。李天壽見閘板已下，也不能顧著朱鑣，且回玄壇廟而去。（《施公案》第二百零四回）

平心而論，這段描寫較之《說唐全傳》中的那段描寫要生動、細膩得多，與《三俠劍》相比，則更是不可同日而語。首先，它對活閻王托閘的過程描寫很詳細，很有層次感，也很符合一般讀者的閱讀接受心理。其次，它增加了不少主人公李天壽的心理描寫，而且是此時此地此情此境非常真實的心理描寫。第三，它增加了活閻王的徒弟朱鑣等人的旁觀視角，這就使得對李天壽的描寫更有立體感。第四，它增加了活閻王對立面守城官兵的描寫，這增加了李天壽托閘的難度，更有利於人物塑造。以上四點中的後面兩點，在中國古代小說評點中又被稱之為「背面傅粉」法，也就是我們今天所謂烘托、反襯的方法。當正面描寫主人公的風采已經非常充分的時候，作者筆鋒一轉，從主人公身邊的前後左右寫來，甚至從「背面」寫來。這樣塑造出來的人物，才是凸現紙上的。

最後還要交代幾點：

李天壽這一次沒有死，而是活下來繼續給黃天霸等官府力量製造麻煩。

李天壽的工夫深厚，黃天霸也拿他無可奈何。

站在施公和黃天霸的角度，李天壽簡直十惡不赦。但如果換一個角度，站在李天壽的角度，黃天霸也應該是萬劫不復。

如果將《施公案》反過來看，則李天壽之流其實與梁山好漢沒有多少

區別。而黃天霸也就相當於《蕩寇志》中剿滅梁山好漢的雲天彪、祝永清之流了。

將強盜與英雄劃上「約等於符號」的長篇小說，在中國古代《水滸傳》是始作俑者。後來愈演愈烈，到晚清的公案俠義小說更為嚴重，不過觀察的視角「對立轉換」了而已。到民國年間的武俠小說，更是將強盜與英雄混為一談。那些莊主、堡主、洞主、教主究竟是強盜還是英雄？恐怕誰也無法區分。因為在這些作品中，強盜與英雄就是一個模子倒出來的。而這個「模子」，就是由當時的「白社會」導致的「黑社會」。

現在還有大量的描寫這種「強盜等於英雄」的作品，不知道這究竟是好事還是壞事。

明白了上面這許多，我們就會進一步明白，在中國古代小說中，作者們寫英雄和強盜都能托起千斤閘就不是一件什麼奇怪的事情了。

「祿蠹」小姐

　　《紅樓夢》中的賈寶玉極其厭惡留意功名富貴的女性，將她們罵做「祿蠹」。該書第十九回，花襲人曾經不無責怪地對怡紅公子說：「凡讀書上進的人，你就起個名字叫作『祿蠹』。」有時候，寶玉又稱這種祿蠹為「祿鬼」，並用「國賊」搭配之。請看：

　　　　或如寶釵輩有時見機導勸，反生起氣來，只說「好好的一個清淨潔白女兒，也學的釣名沽譽，入了國賊祿鬼之流。這總是前人無故生事，立言豎辭，原為導後世的鬚眉濁物。不想我生不幸，亦且瓊閨繡閣中亦染此風，真真有負天地鍾靈毓秀之德！」（第三十六回）

這段話中的「寶釵輩」，至少還包括史湘雲。這位史大姑娘有一次可是在賈寶玉那兒碰了一個大釘子：

　　　　湘雲笑道：「還是這個情性不改。如今大了，你就不願讀書去考舉人進士的，也該常常的會會這些為官做宰的人們，談談講講些仕途經濟的學問，也好將來應酬世務，日後也有個朋友。沒見你成年家只在我們隊裏攪些什麼！」寶玉聽了道：「姑娘請別的姊妹屋裏坐坐，我這裡仔細污了你知經濟學問的。」襲人道：「雲姑娘快別說這話。上回也是寶姑娘也說過一回，他也不管人臉上過的去過不去，他就咳了一聲，拿起腳來走了。這裡寶姑娘的話也沒說完，見他走了，登時羞的臉通紅，說又不是，不說又不是。」（第三十二回）

《紅樓夢》中，與賈寶玉關係至為密切的同輩女子共有九人，都在金陵十二

釵正冊中，佔了正釵的四分之三的份額。首先是賈府四小姐——元春、迎春、探春、惜春，分別是他的同胞姐妹、同父異母姐妹或堂姐妹。還有一位李紈，是賈寶玉嫡親的嫂子。剩下的四人，都是賈寶玉的表姐妹：姑媽的女兒林黛玉、姨媽的女兒薛寶釵、舅父的女兒王熙鳳、舅祖的孫女兒史湘雲。這四人中，除了王熙鳳已經嫁給賈寶玉的堂兄賈璉而成為其堂嫂以外，其餘三位表姐妹都有可能成為寶二爺的配偶，而書中著力描寫的也就是寶、黛、釵的三角戀愛加上「間色」史湘雲的「戀愛四邊」。講到這裡，讀者應該大致明白筆者的苦心了。上面提到的薛寶釵、史湘雲這兩位被賈寶玉罵為「祿蠹」「祿鬼」的女子，都是怡紅公子最親密的「閨友」，甚至都是最有可能成為他妻子的女人。那麼，為什麼賈寶玉不罵林黛玉是祿蠹祿鬼呢？寶哥哥的回答明白無誤：「林姑娘從來說過這些混帳話不曾？若他也說過這些混帳話，我早和他生分了。」（同上）原來，在這位追求自由生活的怡紅公子看來，無論何人，哪怕是自己最親近的姐妹，凡是勸他「講些仕途經濟的學問」的都是「混帳話」，而說這種混帳話的人就必然是「釣名沽譽，入了國賊祿鬼之流」了。

其實，《紅樓夢》中的「祿蠹」尚不止於薛寶釵和史湘雲，就拿賈寶玉的同父異母妹妹賈探春來說吧，何嘗不也是這隊伍中的一員？因為這位三小姐曾經說過：「我但凡是個男人，可以出得去，我必早走了，立一番事業，那時自有我一番道理。」（第五十五回）毫無疑問，賈探春希望自己是個男子出去幹的事業不可能是別的什麼，只能是讀書——考試——做官的仕途經濟。但是，她為什麼沒有遭受兄長的攻擊呢？因為賈探春與林黛玉一樣，從來不在哥哥面前說那些「仕途經濟」的混帳話。當然，探春的不說混帳話與林黛玉的不說混帳話是有本質區別的。林黛玉不說，是因為林黛玉也認為那是混帳話。而賈探春雖然認為那些「仕途經濟」的話並不混帳，而是好話，但她認為她哥哥絕對不會聽得進去這些話，既然哥哥聽不進去，說它做什麼？說得多了，豈不是討人嫌，影響兄妹之間的關係嗎？從這個意義上講，賈探春較之薛寶釵和史湘雲要聰明世故得多，要「經濟」得多，是一個更大的祿蠹。

《紅樓夢》是一部描寫「千紅一哭」「萬豔同悲」的悲劇之作，毫無疑問，上面提到的如此眾多的閨閣女子留意功名富貴的世俗化表現，也正是千紅一哭之一哭、萬豔同悲之一悲。然而，更令人「一哭」「一悲」的是，《紅樓

夢》中描寫的「祿蠹小姐」絕非個案，在同時或稍後的章回小說中，這種祿蠹小姐竟然接二連三、不絕如縷。

在與《紅樓夢》同時的《儒林外史》中，作者給我們塑造了一位八股迷魯小姐，可以說是比薛寶釵等更為執迷不悟的祿蠹。關於她的情況，筆者在本書的《孔夫子也得寫八股文才能有名祿地位》一節中已經作了介紹，此不贅述。需要補充的是，這位魯小姐在萬般無奈的情況下，只好聽從了養娘的勸導，將八股夢的實現寄託在下一代，大搞其「希望工程」起來：

> 魯小姐頭胎生的個小兒子，已有四歲了。小姐每日拘著他在房裏講《四書》，讀文章。公孫也在傍指點。……在家裏，每晚同魯小姐課子到三四更鼓，或一天遇著那小兒子書背不熟，小姐就要督責他念到天亮，倒先打發公孫到書房裏去睡。（第十三回）

這樣的小姐，真是幾百年才出一個！娶得這樣的祿蠹小姐為妻，他的丈夫如果不因為抑鬱而得癌症那才怪哩！相對於《紅樓夢》而言，這一位魯小姐真正可以說是「舉一反三」，完全敵得過薛小姐、史小姐、賈小姐的「合力」了。

更為嚴重的問題是，這樣的祿蠹小姐在中國古代小說中可謂瓜瓞綿綿了。可不，在晚清的一部章回小說中又出現了一位：

> 洪夫人只生了這一位小姐，今年十九歲，小字靜儀。……王蘭自幼即喜瀟灑，兼又少年科第，文采風流，是個不拘小節的性格。過了十朝半月，與洪小姐即有些兩相背謬起來。……洪小姐開口即引經據典的規勸王蘭，始而新婚夫婦，未能駁回，胡亂應了他幾聲。繼而洪小姐日日聒絮，王蘭心內大不剛煩。一夕，王蘭與靜儀小姐閒話。靜儀道：「我見你每日除了入館辦事，即去尋那些少年朋友宴聚，可知既浪於費用，又於身心學問一絲無補。若照這樣行去，日後也不過得一個狂翰林名目。我勸你不如暇時討論書籍，研求經濟實學。古人云：開卷有益。他日或放外任，或點試差，也不致遺譏枵腹。為人有一分實學，作出事來即有一分經濟。待到花甲以外，功業已立，那時解組歸田，再放浪形骸未晚。」王蘭聽他一番說話，洵是酸腐習氣，儼然一位學究先生，不由得氣了起來。（《繪芳錄》第二十五回）

這位洪小姐更厲害，丈夫都已經「少年科第」了，還生怕他成為一個「狂翰林」，硬要逼著他「談論經濟學問」。無怪乎其夫王蘭氣得要命，罵她是「酸腐

習氣」，「學究先生」。試想，對著這樣的「賢妻」，文采風流的夫婿如何生活？因此，他們的夫妻反目也就勢在必然了。

世上的事情真是奇怪，明明上述這些祿蠹小姐並無多大罪過，而且，有些還是作者頗為喜愛的女子，如《紅樓夢》中的薛、史、賈三位小姐。但是，作者為什麼一寫到她們祿蠹性格的一面就大有深惡痛絕之勢呢？其實，如果我們放開思路想一想就會恍然大悟。任何人，包括偉大的曹雪芹、吳敬梓輩，其思想都是多層次的。到什麼山唱什麼歌，人人都是如此。面對現實生活，人人都會現實，而當需要精神生活的時候，人人又都有理想。物質生活與精神生活有時是和諧的，有時又是對立的。當二者和諧的時候，人們就會感到無比幸福；而當二者對立的時候，人們又會感到痛苦無比。世界上沒有絕對的超脫，也沒有絕對的低俗。賈寶玉也會有男風之癖好，呆霸王居然也吟出「洞房花燭朝慵起」的好詩。而且，現在的每一位《紅樓夢》的男性青年讀者，都很難回答一個問題：你究竟是喜歡薛寶釵還是林黛玉？你喜歡林黛玉嗎？她整天那麼清高，要飛到天盡頭，你怎麼辦？你喜歡薛寶釵嗎？她整天那麼實在，要腳踏實地，你又怎麼辦？而作為一個正常的完整的人，是不可能永遠清高的，也是不可能永遠實在的。二者之間必須有所調節。這麼一來，這道選擇題的最佳答案就應該是：娶妻選寶釵，戀愛找黛玉。如果不是昧著良心說假話的人，大都應該是這樣選擇的。

可惜的是，在現實生活中，筆者所提出的選擇方案是很難奏效的。因為在我們的世界裏，理想的、清高的林黛玉早已死了個光光，而比薛寶釵更祿蠹的小姐則偶而露崢嶸。我們不僅不時會看到祿蠹小姐，還會經常看到祿蠹大姐、老姐、大小姐、小大姐、老大姐……。這些祿蠹們讓你透不過氣來，更不要說有什麼高雅情調了。

正因如此，我們才呼喚林黛玉、呼喚《紅樓夢》！呼喚林黛玉不是為了娶妻，而是為了向無垠的蒼穹吐一口惡氣；呼喚《紅樓夢》也不是為了讀懂悲劇愛情，而是為了調節那世俗得不能再世俗的神經。

難道不是這樣嗎？

永恆的「意猶未盡」

　　「意猶未盡」，當指人們的語言或行為的含意並沒有得到完整的表達或表現，這在日常生活中頗為多見。當然，一般情況下的「意猶未盡」並不要緊，往往還有下一次，下下一次……。留得青山在，不怕沒柴燒。只要人長久，機會總會有。

　　然而，有一種情況下的「意猶未盡」卻注定是永恆的，那就是某人臨死之前做出的最後一個別人沒能理解的動作或最後一句沒有說完的話。動作類「意猶未盡」的例子，大家最熟悉的莫過於《儒林外史》中嚴監生伸出的兩根手指，雖然暫時引起了一陣見仁見智的猜疑，但最終還是被嚴監生的趙新娘解釋清楚了。至於語言類「意猶未盡」的例子，大家印象最深的則應該是《紅樓夢》中林黛玉臨死前的半句話了。那是令人感到極其凄慘的一幕：

　　　　探春紫鵑正哭著叫人端水來給黛玉擦洗，李紈趕忙進來了。三
　　　　個人才見了，不及說話。剛擦著，猛聽黛玉直聲叫道：「寶玉，寶玉，
　　　　你好……」說到「好」字，便渾身冷汗，不作聲了。紫鵑等急忙扶
　　　　住，那汗愈出，身子便漸漸的冷了。（第九十八回）

林黛玉呼喚著心上人的名字，最後吐出「你好」二字。當然，肯定不會是向賈寶玉問好，所以現在的校點者統統在這裡加上省略號。那麼，黛玉在這裡究竟要說寶玉「你好」什麼呢？你好狠心？你好無情？你好健忘？你好食言？或者，竟是你好好珍惜你所得到的吧？……也許全都是，也許全都不是！當垂死的林黛玉用自己生命的這一半向另一半發出最後的呼喚時，是百感交集還是萬念俱灰？是噩夢醒來還是執迷不悟？對此，沒有一個人能說得清楚，就連作者也說不清楚。故而，聰明的曹雪芹或者高鶚就設置了這麼一個史無

前例的永恆的「意猶未盡」。

　　孰知，《紅樓夢》的每一個地方似乎都有人模仿，就連這些細微末節之處也不能逃出模擬者的「掃描儀」。當然，最先的效尤者多半是《紅樓夢》的續書或仿作。但這臨死前的半句話的率先模擬者倒也有幾分特別，因為他是一位蒙古族作家，他的名字叫做尹湛納希，他最大的文學貢獻就是寫了不少通俗小說，而其中，又以模仿《紅樓夢》的姊妹篇《一層樓》《泣紅亭》最為知名。下面這個片斷，就出現在《一層樓》中：

　　　　彼時蘇己目光已散，又爭著命向璞玉只說了一聲：「妾已永……」說到這裡強合了掌。可憐！正是：一縷香魂隨風去，幾片浮雲消天邊。眾人忍不住，一齊放聲大哭起來，更不說璞玉仰天跌足大哭不止。（第三十二回）

這裡的蘇己，是書中男一號璞玉的妻子，而璞玉即為賈寶玉的仿製品。這個「意猶未盡」的情節，當然也是源自大觀園中之瀟湘館的。值得注意的是，雖為模仿，卻仍有幾點不同。第一，林黛玉呼喚賈寶玉是向著「長空」的呼號，而璞玉卻是實實在在地在給蘇己送終。第二，黛玉呼喊的被省略部分具有極大的不確定性，而蘇己的親情訴說則是較為確定的，「妾已永」後面無非是「別離」一類的字眼。第三，黛玉的「意猶未盡」是真正的意猶未盡，它是寶黛愛情悲劇的階段終結，更是釵玉婚姻悲劇的真正開始；而蘇己的「意猶未盡」實際已經盡意——它已經完成了一個妻子向丈夫的最終情感傾訴。

　　令人意想不到的是，這種永恆的「意猶未盡」的描寫在「一而再」之後，居然還有「再而三」，而且是晚清的一位非《紅樓夢》續書仿作系列的小說作者也來湊這個熱鬧。且看：

　　　　到得未時，奶奶喉嚨裏已起了痰，大家看了看，知是不救的了，忙著穿衣裳，亂了一回。奶奶忽然睜開眼睛，看了看桂森，嘴裏還說了半句話道：「你好沒……」隨後眼光也散了，不多一刻，就斷了氣了。當時裏外忙成一片，去抬棺材的，去燒紙的，去喊和尚的，桂森也只在屋裏，心裏雖十分要緊出去，無奈是有人看住，不放他走，也沒法了。（《瞎騙奇聞》第八回）

平心而論，《瞎騙奇聞》中的這一個永恆的「意猶未盡」，應該是不及《紅樓夢》而高於《一層樓》的。

　　何以見得？要說明問題，必須先弄清楚該小說作品中的人物關係。書中的那位「奶奶」，是一個特別信任「瞎騙」的愚蠢婦人。當年，她受「瞎騙」之後，又騙了丈夫。她假裝懷孕，抱來一個孽種——亦即文中的桂森冒充自己的親生子。誰知，這位假少爺真孽子長大後一派胡作非為，氣死了父親，接著又氣死了母親。上面引述的就是他氣死母親的片斷。

　　現在，可以追究一位追悔莫及的母親在臨終前面對活活氣死自己的孽子的永恆的「意猶未盡」的後半句話了。「你好沒」什麼？沒良心？沒能為？沒羞恥？沒指望？也許都是，也許都不是。其不確定性較之《紅樓夢》要狹隘，較之《一層樓》卻要寬泛得多。

　　筆者認為，就永恆的「意猶未盡」這一點而言，未盡之處越廣袤無垠越好，越顯而易見越差。這也就是《瞎騙奇聞》中的永恆的「意猶未盡」不及《紅樓夢》而高於《一層樓》的道理。

　　換一個角度，如果不一定要將三者之間分一個優劣高低的話，那麼，這三個地方的描寫都有其成功之處。至少，它們加在一起共同展示了一個事實：一個人、一個正常的人在彌留之際往往會就自己最關心的人和事發表最終的「宣言」，但如果碰上精力不支，就會發生永恆的「意猶未盡」。

　　永恆的「意猶未盡」，也是人類生存的正常現象之一，不管它發生在誰身上都是如此：多情女對情郎，短命妻對丈夫，憤怒母對孽子……。

他們的眼睛隨著什麼轉？

俗話說：金錢並非萬能，但沒有錢卻萬萬不能。這話有道理。在現實生活中，每一個人都與金錢脫不了干係。高風亮節者說：「君子愛財，取之有道。」芸芸眾生說：「人為財死，鳥為食亡。」貪官污吏們說：「千里當官只為財。」就連江湖豪俠都說：「一文錢難倒英雄漢。」可見，在金錢面前，能夠說連眼珠子都不輪過去的人，那才真正是鳳毛麟角般的稀有動物。話雖如此，一般的、稍有廉恥的人儘管內心都「愛著」金錢，但表面上總不能做出如饑似渴的樣子，總要稍稍與金錢保持一點「距離」的美，美的距離。然而，有一般的人，就有不一般的人。在金錢面前顯示喉急者大有人在。其主要表現方式就是眼睛隨著金銀財寶打轉轉。現實中的這種人我們很難留下他們美妙的剪影，但不要緊，有些小說作者對他們進行了不失時機的大熱點抓拍。且看幾個鏡頭：

虞華軒道：「我的銀子怎的不現成？叫小廝搬出來給老爹瞧。」當下叫小廝搬出三十錠大元寶來，望桌上一掀。那元寶在桌上亂滾，成老爹的眼就跟這元寶滾。（《儒林外史》第四十七回）

見秋谷把金水煙筒接在手中，王佩蘭的一雙俊眼，就跟著秋谷的金水煙筒周圍亂轉，心上早突突的跳起來，眼花撩亂的看不清楚。定了一定心神，方才看見秋谷手內的那一支金水煙筒，打造得十分工細，雕鏤精巧，光彩照人。（《九尾龜》第四十六回）

當下走進裏面，開了鐵箱，取出一百塊雪白的洋錢，上面都蓋有圖記，放在桌上，弟兄二人四隻眼睛，朝桌上的溜溜滾來滾去。

（《商界鬼蜮記》第二回）

以上三例，第一例的表演者成老爹是個鄉紳，第二位表演者則是上海的妓女，第三例中的兄弟倆都是賣假貨的投機商人。有趣的是，無論他們是何身份，是何性別，是何年齡，也無論他們所處的環境如何，他們表演的動作卻是高度一致的：運用眼睛的工夫追逐金銀財寶。而且，他們的表演是極其自然的，真正稱得上是本色派、實力派的大腕。

其實，像這樣的角色在我們的日常生活中經常可以看到。但我們看到之後卻沒有注意。為什麼沒有注意？因為我們覺得這很正常，說不定我們自己在什麼時候也會這樣做，或者曾經這樣做過。但是，偉大的吳敬梓等作家卻將這些人們司空見慣的東西放大了展現在讀者面前，反而使我們有一種滑稽的新鮮感和快意的宣洩感，因為嘲笑醜惡其實就是一種最快意的釋放。

如此，我們就得感謝吳敬梓等小說界的諷刺大師，就得感謝這些大師們筆下的赤裸裸暴露自己的人物形象。

他們暴露的何止是書內的他們，難道不包括正在看書的書外的我們嗎？

喝茶的奧秘

「續書難，續名著尤難。」

這是筆者在 1994 年出版的拙著《章回小說通論》中所說的一句話。至今回想起來，仍然認為這句話是對的。如果哪位朋友不相信的話，就先請看看下面這兩個片斷：

> 妙玉剛要去取杯，只見道婆收了上面的茶盞來。妙玉忙命：「將那成窯的茶杯別收了，擱在外頭去罷。」寶玉會意，知為劉姥姥吃了，他嫌髒不要了。又見妙玉另拿出兩隻杯來，⋯⋯與寶釵，⋯⋯與黛玉。仍將前番自己常日吃茶的那隻綠玉斗來斟與寶玉。寶玉笑道：「常言『世法平等』，他兩個就用那樣古玩奇珍，我就是個俗器了。」妙玉道：「這是俗器？不是我說狂話，只怕你家裏未必找的出這麼一個俗器來呢。」寶玉笑道：「俗說『隨鄉入鄉』，到了你這裡，自然把那金玉珠寶一概貶為俗器了。」妙玉聽如此說，十分歡喜。⋯⋯妙玉正色道：「你這遭吃的茶是託他兩個福，獨你來了，我是不給你吃的。」寶玉笑道：「我深知道的，我也不領你的情，只謝他二人便是了。」妙玉聽了，方說：「這話明白。」（《紅樓夢》第四十一回）

> 妙玉聽說，心中一動，一面焚香，瞅了寶玉一眼。寶玉道：「我看這紅梅，記起那年折花賞雪，又想起品梅雪的茶，不知今日可惠一甌，以沁心煩否？」妙玉道：「輕易難得二爺到此，裏面請坐，待我手煎奉敬。」寶玉道：「很勞動了。」二人同進裏間。妙玉笑問道：「你要件什麼茶具？」寶玉道：「還是那玉斗罷。」妙玉道：「只

怕俗了。」寶玉道：「你這裡哪有俗物？」妙玉道：「不如把上回薛、
林二位奶奶吃的那兩件拿來，任你自取。」寶玉道：「兩件俱佳，我
竟評不出高下來。」妙玉道：「林奶奶吃的那件為最。」寶玉道：「那
件東西已雅到無有方比的分兒。」少頃，妙玉將茶親自奉上，又
道：「林奶奶是個極雅的人，此物一經她品題，更變雅了。」寶玉
道：「她如何就這麼雅？」妙玉道：「她不雅，誰還雅？」寶玉道：
「你這剗截才子的妙文真雅極了。」只見妙玉從耳根紅到額角，如
桃花醉日一般，低著頭不語。寶玉自悔造次，怕妙玉要惱。哪知妙
玉並不生嗔，心中有話不能說出，只對著寶玉呆看。（《紅樓幻夢》
第六回）

《紅樓幻夢》是清道光二十三年（1843）刊行的一部《紅樓夢》的續書，書中
寫林黛玉、薛寶釵都成為賈寶玉的妻子，也就是上文所提到的「薛、林二位
奶奶」。而對於《紅樓夢》金陵十二釵正冊之榜上有名的妙玉，這部續書卻將
他配給了柳湘蓮。其實，在《紅樓夢》原著中，妙玉與寶玉之間的關係是頗有
些曖昧的。甚至可以說在賈寶玉的婚姻愛情問題上，除了寶、黛、釵這一個
情感三角以外，作為「間色」來使這個悲劇更其錯綜複雜的還有二人，一是
史湘雲，另一個就是妙玉。譬如，《紅樓夢》中寫到的「櫳翠庵評茶」這一片
斷，就將寶玉與妙玉之間的曖昧關係描寫得妙不可言。

妙玉想請寶玉喝體己茶，但作為尼姑公然請怡紅公子喝茶的簡直就是製
造「緋聞」。怎麼辦呢？妙玉可算寶玉真正的紅顏知己（只不過是用袈裟包裝
了的紅顏）之一，她知道在寶二爺的心中除了林妹妹就是寶姐姐，只要這兩
位在場，寶玉是絕對忘不了對她們行「注目禮」的。因此，妙玉只要請了釵黛
二位，尤其是請了林黛玉，就等於請了賈寶玉。寶黛之間的那點事大觀園中
誰不知道？正因為如此的知己知彼，故而妙玉才敢將賈母等人晾在東禪堂喝
「大眾茶」，而「把寶釵和黛玉的衣襟一拉」，讓到耳房裏喝「體己茶」。結果，
妙玉的預期成為事實，「寶玉悄悄的隨後跟了來」。更有意思的是，妙玉一面
命令手下的道婆「將那成窯的茶杯別收了，擱在外頭去罷」。因為這茶杯「劉
姥姥吃了，他嫌髒不要了」。另一方面，她「仍將前番自己日常吃茶的那只綠
玉斗來斟於寶玉」。幾乎所有的讀者都會看到，那隻綠玉斗上留有妙玉的唇吻
痕跡，然後讓寶玉親吻之，然後又留下寶玉唇吻痕跡，然後……。讀到這裡，
誰都會對《紅樓夢》中通過喝茶寫出清濁「二玉」的曖昧關係之生花妙筆拍

案叫絕！當然，筆者將曹雪芹先生俏皮的曲筆給挑明了，就有點味同嚼蠟了。但還有比筆者更不如的呆鳥，他居然將《紅樓夢》中那段令人回味「喝茶的奧秘」的情節重複了一遍，寫到《紅樓幻夢》之中，而且是那樣笨拙得要命、低級得可以的「寫」。

寶玉此時早已與林黛玉、薛寶釵「金玉生輝，左眉右髻」了，同時又受好朋友柳湘蓮之託，來為這位「冷郎君」謀求妙玉為妻。在這種情況下，寶二爺居然對那幽尼提起以往二人之間心照不宣的風流韻事——乞紅梅、喝香茶、共用綠玉斗等等，而且言語中又賣弄自己「雙擁」極其高雅的釵、黛。須知，這對妙玉更是一個極大的觸動。因為當年妙玉為了接近寶玉，就是借釵、黛為媒介的。如今，寶玉在愛情失敗的戀人面前盛讚「雙妻」，這本身就是對妙玉的一種挑逗。弄得妙玉也只好盛讚林、薛二人進行「反挑逗」。最後，賈寶玉竟然直接「造次」妙玉。使得這位幽尼在怡紅公子面前再一次作含情脈脈狀，作嬌羞陶醉狀，作風情萬種狀：「只見妙玉從耳根紅到額角，如桃花醉日一般，低著頭不語。……只對著寶玉呆看。」

續書中這樣的描寫，如果與原著中那一段相比較的話，至少可以得出如下結論：

低俗與高雅之別。

輕佻與含蓄之別。

惡趣與情味之別。

……

螢火與太陽之別！

你十五歲時在幹什麼？

「你十五歲時在幹什麼？」如果向「八零後」「九零後」的人群提出這個問題，十有八九會回答：「中考」。是的，當今十五歲左右的少年，頭等大事就是考上一所重點高中。而且，這還遠遠不是他一個人的任務，而是全家、甚至全家族的頭等大事，包括爸爸媽媽、爺爺奶奶、外公外婆的「要命」的頭等大事。甚至七姑八姨、舅舅表叔等人也會被捲入進來，各盡其責或施以援手。那麼，中國古代的少年朋友們十五歲的時候在幹什麼呢？那可就要區別對待了，主要看你所說的「古代」「古」到什麼程度。當然，還要看你是否只是針對讀書少年而言。因為在古代中國，並非像今天這樣全民高學歷而且越來越高的。

或許有人會問，讀書少年十五歲時幹什麼與「古」到什麼時候有直接的關係嗎？答曰：有！而且是太「直接」了。這裡，可以分成三個階段：第一，隋唐以前；第二，隋唐至元代；第三，明清兩代。在這不同的三個「古代」，十五歲的讀書少年幹著不同的事。我們先看讀書人的老祖宗──大成至聖先師孔夫子十五歲時在幹什麼。這有他老人家事後回憶的名言為證：

> 子曰：「吾十有五而志於學，三十而立，四十而不惑，五十而知天命，六十而耳順，七十而從心所欲，不逾矩。」（《論語·為政第二》）

原來孔夫子十五歲時就「發誓」要好好學習天天向上了。那麼，孔夫子「志於學」的目的是什麼呢？或者說，他學好本領幹什麼呢？孔子的答案是做一個「人」，一個有益於社會的人。這從他後面接著說的人生幾個階段所要達到的「境界」可以體察得到。

　　然而，孔夫子萬萬沒有想到，他個人的「勵志」大綱，居然對此後幾千年的年輕人產生了不可估量的巨大影響。

　　隋唐以降的讀書少年多半也是要「十有五而志於學」的，但他們的目標比孔夫子更為「鎖定」：讀書主要就是為了科舉考試。再過幾百年，當歷史的馬車駛進明清「驛站」的時候，讀書少年「十有五而志於學」的目標可就「鎖」得更「定」了：讀八股文，寫八股文，通過八股而爬進社會上層。

　　何謂「八股文」？幼時朦朦朧朧聽人說，八股文就是一篇文章必須是由八個部分構成的。長大以後，才知道這種說法是望文生義。八股文「正解」如下：

　　八股文又稱「經義」、「制義」、「制藝」、「時文」、「四書文」，取「四書」「五經」中的文句做題目，從而闡述其義理。明清兩代的鄉試、會試都要考三場。頭場考四書義三道，五經義四道。二場考論一道，判語五道，詔、誥、章表、內科各一道。三場考經、史、時務策五道。但是，由於試卷太多而閱卷官太少，試官們往往「止閱前場，又止閱書義」。（清‧陸世儀《甲申臆議》）這樣，就構成了八股文、尤其是「四書義」的八股文定乾坤的局面。

　　一篇八股文在闡述題義時，只能「代聖賢立言」，亦即依照題目揣摩古人語氣，而不可以隨意發揮。進而言之，在解釋經義時，「四書」中的題目必須以朱熹的《四書集注》為標準，「五經」中的題目亦須以宋元名家的注疏為準繩。

　　明清時代的科舉少年，必須從小就學習做八股文。如上所述，「四書」「五經」中的句子均可作為一篇八股文的題目。尤其是其中那些發人深思的警句，更是被經常性地採用。而聖人之聖的孔夫子說過的一些警句格言更是八股文出題的首選，尤其是像「吾十有五而志於學」這樣的鼓勵青少年認真學習的名人名言，就更會得到出題者的青睞了。不僅正式的考試題常常用到它，就連平時的模擬題也經常採用。可不，《紅樓夢》中賈寶玉的老師賈代儒有一次給弟子出了三道題，第一道就是這句「吾十有五而志於學」。於是，當賈政要檢查兒子的家庭作業時，就出現了下面這一幕：

　　　　寶玉連忙叫人傳話與焙茗：「叫他往學房中去，我書桌子抽屜裏有一本薄薄兒竹紙本子，上面寫著『窗課』兩字的就是，快拿來。」一回兒焙茗拿了來遞給寶玉。寶玉呈與賈政。賈政翻開看時，見頭一篇寫著題目是《吾十有五而志於學》。他原本破的是「聖人有

> 志於學，幼而已然矣。」代儒卻將幼字抹去，明用「十五」。賈政道：
> 「你原本『幼』字便扣不清題目了。『幼』字是從小起至十六以前都
> 是『幼』。這章書是聖人自言學問工夫與年俱進的話，所以十五、三
> 十、四十、五十、六十、七十俱要明點出來，才見得到了幾時有這
> 麼個光景，到了幾時又有那麼個光景。師父把你『幼』字改了『十
> 五』，便明白了好些。」看到承題，那抹去的原本云：「夫不志於學，
> 人之常也。」賈政搖頭道：「不但是孩子氣，可見你本性不是個學者
> 的志氣。」又看後句「聖人十五而志之，不亦難乎」，說道：「這更
> 不成話了。」（《紅樓夢》第八十四回）

在《紅樓夢》的這段描寫中，賈政責備兒子未能「讀懂孔夫子」的意思是很清楚的。對此，我們暫且不去管他。但是，其中有兩個專用名詞卻理應引起我們的注意：「破」和「承題」。

這裡賈政所說的「破」就是「破題」的意思。八股文在行文格式方面有著嚴格的規定。每篇文章的開頭兩句，稱為「破題」，必須將試題的意義「破」開，既不能將題目的意思遺漏，又不准將題目的字眼全部寫出，關鍵在於能扼題之旨、肖題之神。賈寶玉的「破題」最大的問題是用「幼」代替「十五」歲，犯了「以全概偏」的錯誤。故而他的先生要「明用『十五』」，故而他的父親要說他「扣不清題目」了。「破題」之後是「承題」，即將破題中的文字承接下來，並過渡到正文。賈寶玉的「承題」問題更大，居然跟孔老夫子的思想唱反調。孔夫子明明說自己「十有五而志於學」，賈寶玉卻說什麼「夫不志於學，人之常也」，「聖人十五而志之，不亦難乎」？這簡直有點褻瀆聖人的意味。所以他父親笑話他「孩子氣」、「本性不是個學者的志氣」，甚至指責他「這更不成話了」。總之，賈政看了賈寶玉這一篇「窗課」以後深為不滿，對兒子的感覺一言以蔽之：「不像話」！

其實，賈寶玉說得還是很有道理的。十五歲的少年，家長一定要他們將「認真讀書」當作座右銘，而將其他一切都棄置腦後，這種做法，一是不科學的，二是不人道的，三是不可能的。即便有少數十五歲少年能與孔夫子或賈蘭那樣「志於學」，那也是「不亦難乎」！？

難雖難，但並非絕無可能，孔子和賈蘭還真有繼承者。我們不妨來看看下面這位「八股小天才」的精彩表現：

> 是年文宗案臨歲試，廷偉縣府考，俱叨前列。及至進院，早早

完了卷，求宗師面看。宗師一見他少年飄燁，先已歡喜，及接他卷子，細細看完了，喜動眉宇。說道：「你年少，只怕是計誦來的。天色尚早，本院要面試你一篇，若果文氣一樣，定然取你。」廷偉道：「求老爺命題！」宗師遂出「吾十有五」一句，叫他就在堂上做。日未下山，廷偉已完篇。送上宗師，宗師見他敏捷，業已稱奇。看至起股道：「十五以前，聰明悉淡，當識見之未凝，則亦渾然一吾耳！俎豆嬉遊，孰解舒長之歲月。十五以後，微邁靡涯，正憤樂之遞至，則亦皇然一吾耳！晦明寒暑，無非黽勉之居諸。」看完了，即大加讚賞道：「好似此童年，有此養到之筆，宿儒所不及也。」遂問今年幾歲，廷偉答道：「十四歲了。」宗師花把卷面上圈了三圈，面許取了第一名。（《枕上晨鐘》第十一回）

這裡，又有一個專用名詞——起股。而且，這位名叫富廷偉的八股少年所作的與賈寶玉同題的八股文中寫得最妙的就是這個「起股」。那麼，何謂「起股」，它又是八股文的第幾「股」呢？原來，一篇八股文，在破題、承題之後，還有起講、領題、提比、出題、中比、後比、束比、大結等步驟。「起講」是用三、四句話總括全題，領題就是簡明扼要引入本題。再往後，就是文章的主體部分了。八股文的中心內容是提比、中比、後比、束比四大段落，所謂「比」，就是對偶。每「比」又分為兩股，兩股的文字繁簡、聲調緩急均須相對成文，合稱「八股」。「提比」是提起全篇之勢的意思，又稱「起比」「起股」，上引富廷偉的文章中受到宗師讚賞的就是這個部分。你看他的句法就是兩兩相對的四字句或六字句。

「起股」（提比）之後，須用幾句話將題目點出，稱為「出題」。出題之後是「中比」，又叫「中股」，長短不拘，須從正反兩方面發揮題義。中比之後是「後比」，又稱「後股」，長短則根據中比的情況作相反處理。後比之後有「束比」，又稱「束股」，束比的作用是在提比、中比、後比共六股文字意猶未盡時，再用兩股文字加以收束。束比宜短不宜長，有的文章甚至不用束比，全篇只有六股。「大結」又稱「落下」，是文章的最後部分，用一兩句話乾淨利落地收束全篇。

這樣的文章，真是太難寫了。但賈寶玉和富廷偉卻必須天天寫它。

回到倒楣的賈寶玉和幸運的富廷偉，這兩位可比之處卻是不少。首先，二人有很多相似之處：都是十四五歲，都是世家子弟，都是生活在必須八股

文的時代，而且都在父師督促下拿起了八股文這個仕途的敲門磚，並且都借助這塊敲門磚來表白自己的內心世界。其次，他們之間又有十分明顯的相異之處：賈寶玉做八股文挨了批評，富廷偉則得到表彰；賈寶玉的八股文做得實在不怎麼樣，而富廷偉的養到之筆卻能讓宿儒不及；賈寶玉不怎麼樣的文章說的是發自內心的孩子話，富廷偉奪冠的文章表現的卻是抹殺天真的成熟語；賈寶玉這樣下去應該是前途渺茫，而富廷偉則當場被省「教育廳長」許為「高考狀元」。……

不管他們之間有多少相同之處和不同之處，但他們的生命都是悲劇性的。

為什麼？

因為這兩個生理年齡在春天的花季少年卻在向人訴說著心理年齡在秋天的成熟乃至蒼涼。

他們幹的是與他們的年齡不相吻合的事。

這就是扼殺自然。

人這一輩子，只有什麼樣的年齡幹什麼樣的事才是「自然而然」，只有什麼樣的稟賦幹什麼樣的事才是「自然而然」。

自然而然即為天長地久。

回到本文標題：「你十五歲時在幹什麼？」

讀過筆者這篇小文的少年會回答：與賈寶玉、富廷偉差不多。

無奈的提問，可悲的回答。

還需要繼續嗎？

咽下後半句的深情話語

　　一位女子，一位未婚的女子，當她看到自己內心深處愛著的男人受傷以後，她的感受應該是兩個字：「心疼」。若在今天，那女子肯定會對著男人大聲表白：「我心疼死了！」甚至伴以眼淚、伴以嗚咽、伴以號啕痛哭。但是，在舊時代，女子的這種由內心疼痛而導致的深情話語是不能在男人面前公開說出的。說出來了，就是輕薄，就是輕佻，就是輕浮，就是沒程度、沒修養、沒風範。但是，不怕一萬，就怕萬一，如果某女子情不自禁、悲從中來，讓「我心疼」幾個字奪口而出又怎麼辦呢？

　　採取緊急措施彌補之！

　　那措施就是：咽下深情話語的後半句。

　　《紅樓夢》中就有這種描寫。那是在賈寶玉被嚴厲的父親狠狠揍了一頓之後，遍體鱗傷，他的「寶姐姐」來看他，於是發生了下面這一幕：

> 　　寶釵見他睜開眼說話，不像先時，心中也寬慰了好些，便點頭歎道：「早聽人一句話，也不至今日。別說老太太，太太心疼，就是我們看著，心裏也疼。」剛說了半句又忙咽住，自悔說的話急了，不覺的就紅了臉，低下頭來。（第三十四回）

薛寶釵的表現是發自內心的，也是真實可信的，尤其是符合寶玉和寶釵的「此情此境」。這種描寫，正是曹雪芹藝術功力的表現，也正是《紅樓夢》較之其他小說的優勝之處。

　　榜樣的力量是無窮的。就連這種細微末節之處，《紅樓夢》續書的作者也要學習雪芹先生。道光年間出版的《紅樓幻夢》也有一個與上述相近似的情節。不過，男女主人公完全換了。男方是柳湘蓮，女方是妙玉，在這本書中，

他們是相互愛悅的，並且最後終成眷屬。但是，以下所引片斷，二人尚在「終成眷屬」之前。基本內容是英雄救美，柳湘蓮為救妙玉而「流血」了。那麼，妙玉是怎麼表現的呢？且看：

> 湘蓮忙叫杏奴取出藥來，解開帕子一看，只見傷口劃開五六寸長，因行動用力致血湧出。妙玉嚇得身戰淚流道：「這是我連累恩爺。」一面扶著湘蓮亂抖，一面說道：「我實在心……」說到此處，又止住了。湘蓮撲在春臺上，叫杏奴點火照著，託妙玉代他上藥。妙玉拿了藥瓶，兩手不住的抖，把些藥抖得滿腿，對不著傷口。

（《紅樓幻夢》第八回）

同樣的面對心愛的男人，同樣的面對受傷的所愛，寶釵和妙玉都喊出了內心的「疼痛」，但又都咽下了這多情話語的後半句。這些相同之處，表明了《紅樓夢》的偉大，也表現了續書作者的「用功」。但二者畢竟也有些不同：《紅樓夢》重點描寫薛寶釵吐露真言後的害羞，而《紅樓幻夢》則將重點放在妙玉咽下後半句後「心疼」的持續性和緊張、恐懼程度。當然，這也與兩個男性受傷的程度不太一樣是有關係的。但無論如何，寶釵的「愛」，更宛轉深沉一些，她與「她的他」畢竟是大家閨秀和豪門公子；而妙玉的「愛」，則更加袒露激烈，她與「她的他」畢竟是市井幽尼和江湖豪俠。而這種不同，也局部地體現了續書作者的「創造」。

雖然作為續書對原著基本情節或場景描寫的模仿已經落入「第二義」，但我們還得承認，其間略有創造性的模仿畢竟是一種成功的表現。更何況，這種模仿，正是在「吃透」了原著的精髓以後的「下一步」哩！

實在話，續書在這樣的地方下工夫，才算是將「鋼」用到了刀刃上。

「手裏有蜜」和「身上有糖」

　　有時候，輕輕的一句話，就能寫出一個人物特定的神態，達到傳形傳神的效果。《紅樓夢》中多有這種筆法，那些描寫主人公和重要人物的精彩絕倫之處我們且不說他，即便是一些次要人物，作者也絕不放過，也會用上這種傳神寫照之筆墨。例如：

　　　　那智能兒自幼在榮府走動，無人不識，因常與寶玉、秦鍾頑
　　笑。他如今大了，漸知風月，便看上了秦鍾人物風流。那秦鍾也極
　　愛他妍媚。二人雖未上手，卻已情投意合了。今智能見了秦鍾，心
　　眼俱開，走去倒了茶來。秦鍾笑道：「給我。」寶玉叫：「給我。」
　　智能兒抿嘴笑道：「一碗茶也爭，我難道手裏有蜜？」（《紅樓夢》第
　　十五回）

「一碗茶也爭，我難道手裏有蜜？」智能兒這句話真是俏皮，再配上抿嘴一笑的神態，作者活畫出這位小尼姑的俏麗、優美，使讀者如聞其聲、如見其人，留下了極其深刻的印象。誠如庚辰本此處一段墨筆夾批所言：「一語逼肖，如聞其語，觀者已自酥倒。不知作者從何著想？」

　　真是令人想像不到，就是這種細微末節的地方，後代也有學習《紅樓》者。在智能兒「手裏有蜜」的影響下，居然有人說出「身上有糖」的俏皮話。

　　　　倒是那阿金姐，文文靜靜，談談說說，纏他一夜，委實有些趣
　　味。作怪的也窩盤著少鶴，影兒都不見了。再求其次，就是那阿巧，
　　這小貨今年不過十五歲，卻癡不癡，顛不顛，也有些兒玩意，怎地
　　也不見了，難道陳大身上有糖嗎？（《商界現形記》第三回）

書中的這個傢伙，兩個情人都被陳少鶴大少爺給搶走了。他認為是咄咄怪

事，於是發出了「難道陳大身上有糖嗎」的疑問。如此一來，這位好色而又低能的傢伙那種醜惡而又卑微的心態就被踏踏實實地暴露出來。更有甚者，作者寫到這裡，又情不自禁地順手留下一句夾批：「不是有糖，卻是有錢，老兄誤會了。」對這個愚蠢而又好色的傢伙作了進一步的調侃，從而也給讀者增添了無窮的樂趣。

在小說創作中，一句恰到好處的俏皮話往往勝過長篇累牘的陳詞濫調。

連類及彼的俏皮話

　　《紅樓夢》中有不少很俏皮的地方，也塑造了一些很俏皮的人物，而這些人物也說過一些很俏皮的話兒。在這些人物中，薛蟠是最為俏皮的。這一次，這位薛大傻子在賈寶玉等人面前出了一個大大的洋相：他將唐寅一幅畫上的落款認作了「庚黃」，於是遭到賈寶玉的揭發，引得大家笑了起來，而薛蟠也真不愧是自我解嘲的高手，匆忙之際竟然又說出了一句連類及彼的俏皮話。

　　　　寶玉將手一撇，與他看道：「別是這兩字罷？其實與『庚黃』相
　　　去不遠。」眾人都看時，原來是「唐寅」兩個字，都笑道：「想必是
　　　這兩字，大爺一時眼花了也未可知。」薛蟠只覺沒意思，笑道：「誰
　　　知他『糖銀』『果銀』的。」（第二十六回）

由唐寅諧音「糖銀」，又由糖銀引申出「果銀」，薛蟠的反映真正是快捷異常。看來薛大傻子並不傻，智商也不低，如果讓他認真讀四書五經寫八股文的話，保不定也像林黛玉她爹那樣，弄個探花當當哩！

　　說到探花，恕筆者冒昧，也趁機來一次連類及彼，請出另一部小說中的一位探花——《鏡花緣》中的唐敖。這位資深探花郎在遨遊海外的時候，居然也被自己的大舅哥林之洋利用連類及彼的方法狠狠涮了一把：

　　　　唐敖暗暗頓足道：「兄要坑殺我了！」只聽林之洋又接著說
　　　道：「俺對先生實說罷：他知是知的，自從得了功名，就把書籍撇
　　　在九霄雲外，幼年讀的『《左傳》右傳』、『《公羊》母羊』，還有平
　　　日做的打油詩、放屁詩，零零碎碎，一總都就了飯吃了。」（第二十
　　　二回）

由「春秋三傳」的《左傳》拉扯出一個「右傳」，又由《公羊》拉扯出一個「母羊」，李汝珍在借林之洋之口嘲弄探花妹夫的同時，何嘗沒有連儒家經典一起嘲諷？由此亦可見得李汝珍諷刺的本領其實也不在曹雪芹之下，只可惜他晚生了幾十年，究竟沒有在連類及彼的俏皮話問題上拔得頭籌。

還是回到薛蟠，因為他是這種連類及彼的俏皮話的最佳載體。不過，這一次再也不是曹雪芹的《紅樓夢》中那位呆霸王薛蟠，而是一個死而復生並且見過大世面的「新新」薛蟠，因為他誕生在吳趼人的《新石頭記》中。不過，他那種連類及彼本領卻沒有因為死去活來而被遺忘。

> 薛蟠道：「他的洋話洋字倒很好，你不要看不起他！」寶玉笑
> 道：「這才是捨己芸人呢。」薛蟠道：「你別管他雲人雨人！上海單
> 是這一等不識字的人，單會發財呢！」（第六回）

由「芸人」諧音「雲人」又連類及彼而產生「雨人」，可見此薛蟠之賊智絕不亞於彼薛蟠，亦可見得吳趼人之賊智也不讓於曹雪芹。我佛山人雖然與夢阮先生相隔了一個多世紀，但賊智的薛大傻子的遺傳性在他筆下卻依然得以成功表現。

更有甚者，這種連類及彼的俏皮話的運用對象並不侷限於漢語的詞彙和概念，中國古代小說創作的殿軍陸士諤先生，因為在十里洋場生活得長了，居然連海外國家的名字都能拿來製造連類及彼的俏皮話。

> 我不信道：「……一種墨西哥銀圓，就是鷹洋，又叫英洋。……」
> 仲芬道：「他們那裡曉得甚麼墨西哥筆西哥，不過知道英洋罷了。就
> 是這一番說話，演成粗淺文字，教導他們，已是夠足的了。」（《新
> 上海》第五十三回）

由「墨西哥」竟然拉扯出一個「筆西哥」。只要是懂得語言的趣味的讀者，應該都會對陸士諤先生報以由衷的喝彩和熱烈的掌聲，進而言之，也會對曹雪芹、李汝珍、吳趼人這些小說界的語言大師報以熱烈的掌聲和由衷的喝彩！

越是在細小的問題上嘔心瀝血的作家，越是偉大的作家。

妒忌老婆才華的男人與
女扮男裝而不願變回去的女人

晚明文人張岱在其《公祭祁夫人文》中寫道：「眉公曰：『丈夫有德便是才，女子無才便是德。』此語殊為未確。愚謂丈夫有德而不見其德，方為大才；女子有才而不露其才，方為大德。」（《琅嬛文集》卷之六）

這真是一種奇特的觀點，女子無才便是德，難道女子有才就缺德了嗎？然而，這樣的奇談怪論在封建時代卻很正常。因為女子有了「才」，丈夫就對她難以控制，如果天下所有的女子之才華超過男子，那麼，以男性為中心的中華泱泱大國豈不是根基動搖了嗎？

問題在於，如果某一女子生性聰明，一不小心有了「才」，那又該怎麼辦呢？《紅樓夢》以其形象化的描寫，為我們作了解答：方案有二。

一是防患於未然，作為父兄者，不讓女兒或妹妹有施展才華的機會，久而久之，就會培養出「形如槁木，心如死灰」般的「賢德」女子。《紅樓夢》中的李紈就被她父親國子監祭酒李守中大人培養成了這樣一個標本：「這李氏亦係金陵名宦之女，父名李守中，曾為國子監祭酒，族中男女無有不誦詩讀書者。至李守中繼承以來，便說『女子無才便有德』，故生了李氏時，便不十分令其讀書，只不過將些《女四書》，《列女傳》，《賢媛集》等三四種書，使他認得幾個字，記得前朝這幾個賢女便罷了，卻只以紡績井臼為要，因取名為李紈，字宮裁。因此這李紈雖青春喪偶，居家處膏粱錦繡之中，竟如槁木死灰一般，一概無見無聞，唯知侍親養子，外則陪侍小姑等針黹誦讀而已。」（第四回）

二是及時、反覆地對那些可能有才的女子敲警鐘。例如，賢德女子薛寶釵就曾經有一次對嶄露才華的林黛玉進行了諄諄教誨：「自古道『女子無才便是德』，總以貞靜為主，女工還是第二件。其餘詩詞，不過是閨中游戲，原可以會可以不會。咱們這樣人家的姑娘，倒不要這些才華的名譽。」（第六十四回）

除了父女間的管束，姐妹間的教誨之外，具有才華的婦女可能並不知道她們還有一個最大的妒賢嫉能者——丈夫。但不要慌，很快就有小說家為我們描敘這一方面的情況了。有一個男人名叫耿朗，他的二房夫人燕夢卿是一個才華卓絕的女性。這一下可讓男子漢大丈夫的耿某人難受極了，且看他對妻子才華的感受：「婦人最忌有才有名。有才未免自是，有名未免欺人。」（《林蘭香》第十三回）

《林蘭香》的成書時間，現在無法準確判斷，估計就是在清代前期，是與《紅樓夢》同時或者稍早的作品。在這部小說中，丈夫終於忍不住對妻子的才華進行妒忌性兼壓抑性的評價了。

無獨有偶，一百多年以後，在另一部章回小說中，又有一位叫做文卿的丈夫對自己妻子寶珠的文學才華表現了極大的憤慨，並且怒形於色：「文卿聽他越說越好，心裏反不樂起來。再想想自己的實在不如，不免有些妒意，臉上顏色，大為不和。」（《蘭花夢奇傳》第五十三回）

這是一種多麼莫名其妙的情感，但在當時，這又的確是正常得不得了的男人「常態」。因為在那個時代，所有的妻子都是丈夫的「拙荊」「內子」「堂客」「屋裏人」，她們所擁有的只能是「閨閣」或者「井臼」，她們沒有被社會化的可能，因此，不需要才華，更不需要與男子一樣在廣闊的社會生活中展現自我而揚眉吐氣。

如此一來，那些才華橫溢的女子豈不是要悶死深閨了嗎？不！自有人為她們鳴不平。當然，這種不平則鳴的聲音在正史中是聽不到的，它只能來自街談巷議、道聽途說的通俗文學之中。於是，女將軍、女狀元、女學士、女駙馬甚至女宰相一類的人物就在那充滿想像的「現實」世界裏出現了。這些通俗文學作品的作者熱情洋溢地歌頌了那些才華卓異的女子的豐功偉績和睥睨男兒的狀貌風神。明末清初一大批才子佳人小說和清代的一大批彈詞唱本就是這方面的代表作。

但是，一個新的問題隨著這些作品中新的女性的誕生而誕生了：那些功

勳卓著、出將入相的女性最終的結局如何？

當然只有重新回到那可悲而又可憐的女性世界。

那麼，她們願意回去嗎？

請看通俗文學作家們的回答。

晚清小說《三門街全傳》中描寫女扮男裝當了王爺的楚雲對她原來的「妻子」瓊珠說道：

> 妹妹，你代我想想看，你叫我將這些玉帶牙笏，蟒服金冠，一時怎拋捨得去？而況我平時慣習烏靴，忽然改著雲鞋，叫我兩隻腳如何站得牢穩！這還罷了，最難不過衣服要兩截穿，每日還要梳頭掠鬢。妹妹呀，我向來是絕不會的，這不是更令我為難麼！而且於歸過來，到了那裡，那些眾同盟兄弟，如何能放得過去？定要百般嘲笑，惡語相加，我向來又是不肯饒人，那時怎叫我容納得下！（第一百十五回）

《三門街全傳》的作者是誰？不知道。當然我們就更不可能知道這位作者的性別了。但是，我們可以確切地知道這一段「女扮男裝而不願變回去」的描寫是從清代中葉的彈詞代表作《再生緣全傳》中學過來的，而《再生緣全傳》的作者卻是兩位極富才華的女子——陳端生和梁德繩。

該書中的女主人公孟麗君官至宰相，但最終仍然得恢復女裝，嫁給自幼訂婚的皇甫少華，就在這易弁還釵的時候，她一個人默默品嘗心頭的苦果，同時，她心頭的痛苦和遺憾也像潮水一般奔流迸發：

> 你也曾，金門對策朝天子，玉殿傳臚拜帝王。你也曾，連中三元身及第，名聞四海盡稱揚。你也曾，調和鼎鼐安天下，燮理陰陽治國忙。你也曾，獨斷獨行批摺奏，自裁自度上書章。你也曾，欽差主試文衡掌，紛紛桃李列門牆。雖然是，重叨恩沐邀君寵，也只因，蕙質聰資才學長。並非是，曲意讒諂逢聖意，終日裏，忠心正直伴君王。非是我，椿堂萱室去懷抱，都只為，紫綬金章繫戀腸。恨只恨，堂堂相國歸烏有，赫赫名聲赴海洋。恨只恨，無端待罪金鑾殿·險些身喪在雲陽。恨只恨，改妝仍作裙釵女，深躲閨中要隱藏。（第七十二回）

《再生緣全傳》中的孟麗君形象具有特異性，在自己是否回歸女性身份這一問題上體現出一種深層次的猶豫與徘徊，同時也深刻地體現了一個長時間在

男性世界裏生活的女性的內心痛苦。這時的孟麗君，已經在長時間參加男性社會的政治活動的過程中，充分展示出她的聰明才智，並且她自己也充分認可了這種男性化的聰明才智。她在有意無意間發現了自我、認識了自我，尤其是認識到了自己的價值。可悲的是，她所生活的那個社會只能承認男性的這些方面的價值，卻不能承認女性在這方面的價值。因而孟麗君要想繼續實現其價值，繼續做一個能在社會生活實踐中充分發揮自身潛能的人，就必須隱瞞自己的女性身份。而當這種身份無法隱瞞而必須回歸女性生活的時候，她又為失去那輝煌燦爛的男性身份而感到深深的悲哀和痛苦。其實，她所留戀的並不是「男性」身份，而是只有男性身份方可施展才華抱負的「場」。

孟麗君的悲劇是封建時代全民族婦女的悲劇，尤其是才華卓絕的女性的悲劇。

對於這種悲劇，女性作家比男性作家體會得更深刻，才女比一般女子體會得更深刻。

因此，《再生緣全傳》是中國古代最優秀的婦女題材作品。

因為這部作品是兩位深入到多才女子心靈深處的多才女子用心血和淚水寫成的。

憨美女子，
居然羨慕姐姐妹妹「好老公」！

　　古代小說中，有一些憨美女子的形象尤為引人注目。如《聊齋誌異》中的嬰寧，《紅樓夢》中的史湘雲，還有《蕩寇志》中的陳麗卿。她們都有一些嬌憨動人的表現，甚至說了一些有失身份的忘情話語。其中，尤以陳麗卿下面這句話最為憨得可愛：

　　　　麗卿道：「那雲龍兄弟的武藝也好。那表人物，與二位哥哥相仿。秀妹妹好福氣，得這般好老公，誰及得來！」慧娘被她說得臉兒沒處藏，低下頭去。希真喝道：「你這丫頭，認真瘋了！路上怎的吩咐來？偌大年紀，打也不好看，只好縫住了你這張嘴。」麗卿被罵得笑著臉，不敢做聲。（《蕩寇志》第七十七回）

麗卿與慧娘是表姐妹，當這位「女飛衛」看過表妹的如意郎君之後，竟然情不自禁地表達了羨慕之情。這種表達方式如果在西方，人們可能還會接受，但是在古老的中國，一個尚未出嫁的女孩子居然當著表妹和幾位長輩的面讚揚妹夫的「這般好」，那可是大大丟面子的事。故而她的父親要呵斥她，而陳麗卿雖然不敢做聲了，但卻仍然「笑著臉」，還是一副嬉皮笑臉不太在乎的樣子。

　　陳麗卿之後，又有一個憨情女子膩香小姐說出了與陳麗卿異曲同工的憨直言語，那是在她看到如玉樹臨風般的姐夫飛白以後：

　　　　飛白……忙用話打斷了三太太的話箱，起辭出去。這些人的光線，也就跟了飛白出去，劍塵暗暗好笑。膩香小姐看得昏了，不覺

　　　　失口對劍塵道：「姊姊真有福氣，嫁了這樣的一個好姊夫。」芷芬忍

　　　　不住笑了一笑。膩香此時回過味來，覺得話說錯了，臉上紅了一

　　　　紅。（《俠義佳人》第三十二回）

膩香小姐與劍臣小姐是拐彎抹角的表姐妹關係，她對表姐夫飛白的由衷讚

歎，也是當著一些長輩和表姐妹的面發出的。幸虧她沒有父親在現場，故

而，沒有人呵斥她。但是，她從其他姐妹的「笑了一笑」中，感覺到自己的失

態，因此「臉上紅了一紅」，自己也覺得不好意思起來。

　　其實，膩香小姐大可不必如此小家子氣。愛美之心人皆有之，面對美色

而不動心者，除非有情感障礙。而在封建時代，男人流露對美色的欣賞便被

視作風流倜儻，而女子如果有了這種好色之心，便被認為淫蕩，至少被認作

是心性不端。這真是強盜邏輯！在好色的問題上，男女也應該是平等的。

　　如此看來，麗卿小姐較之膩香小姐表現得更坦然，更公然，因此也更可

愛。

　　何以？人們都喜歡「真」。膩香小姐在真情流露之後還要掩飾自己，覺得

不好意思；而麗卿小姐則繼續「真」下去，那就是純真了。

　　在小說作品中，純真的人物最招人喜愛！

聰明的「傻帽」

　　當今的女孩子，喜歡罵那種傻乎乎而又有幾分可愛的男孩為「傻帽」。尤其是某些「傻帽」說出「傻話」時，更是令人忍俊不禁，特逗女孩兒開心。

　　其實，這種冷不防就說說傻話的傻帽自古就有，最有名的當然就是王實甫《西廂記》中的張君瑞先生，就是一般人稱之為張生的那位。他在河中府永濟縣閒遊當地名勝普救寺時，恰遇相國家小姐崔鶯鶯手拈花枝，在佛殿上玩耍。張生被鶯鶯的美貌所迷惑，當即改變進京趕考的主意，決定在廟裏借居，設法接近這位絕代佳人。不料，佳人不容易再次見到，他只見到丫鬟紅娘。於是，這傻帽連珠炮式的傻話就脫口而出了。且看張生與紅娘的對話：

　　　　（末迎紅娘祇揖科）小娘子拜揖！（紅云）先生萬福！（末云）小娘子莫非鶯鶯小姐的侍妾麼？（紅云）我便是，何勞先生動問？
　　　　（末云）小生姓張，名珙，字君瑞，本貫西洛人也，年方二十三歲，正月十七日子時建生，並不曾娶妻……。

這樣的傻話，當然要遭到對方的嘲笑和指責，果然，紅娘開始反擊了：

　　　　（紅云）誰問你來？（末云）敢問小姐常出來麼？（紅怒云）先生是讀書君子，孟子曰：「男女授受不親，禮也。」君子「瓜田不納履，李下不整冠」。道不得個「非禮勿視，非禮勿聽，非禮勿言，非禮勿動」。俺夫人治家嚴肅，有冰霜之操。內無應門五尺之童，年至十二三者，非呼召不敢輕入中堂。向日鶯鶯潛出閨房，夫人窺之，召立鶯鶯於庭下，責之曰：「汝為女子，告而出閨門，倘遇遊客小僧私視，豈不自恥。」鶯立謝而言曰：「今當改過從新，毋敢再犯。」

是他親女，尚然如此：何況以下侍妾乎？先生習先王之道，尊周公
之禮，不干己事，何故用心？早是妾身，可以容恕，若夫人知其事
呵，決無干休。今後得問的問，不得問的休胡說！（第一本第二
折）

這真是連珠炮對連珠炮，駁得張生啞口無言，只能悻悻地說：「這相思索是
害也！」

表面看來，張生是徹底失敗了，鮮花沒嗅著，倒被刺扎了鼻子。其實，
張君瑞先生是很聰明的。這倒不僅僅在於他會套近乎，會搞火力偵察，會向
縱深滲透，說什麼「小娘子拜揖！」「小娘子莫非鶯鶯小姐的侍妾麼？」「敢
問小姐常出來麼？」之類的話，而在於他那貌似傻乎乎的自報家門背後，隱
藏著極大的玄機和智慧。他向紅娘所「透露」的個人姓名、字號、籍貫、年
齡、尤其是婚姻狀況等信息，其實是一種強行滲透。這就像我們今天的各種
商業廣告一樣，不管你接不接受，反正我已經將信息「強行」灌輸給你了，已
經在你的大腦中「填鴨」了，你自己漫漫消化去吧。

有人或許會說，不會吧，這傻帽的幾句傻話，怎麼會具有如此強大的效
用？有沒有？我說了不算，還是讓王實甫來說吧。當時，紅娘不僅不知不覺
地接受了張生強行灌輸的個人信息，而且還有意無意之間當了「二傳手」，將
信息告訴了鶯鶯小姐。她回去後是怎樣向鶯鶯描述此事的呢？

（紅笑云）姐姐，你不知，我對你說一件好笑的勾當。咱前日
寺裏見的那秀才，今日也在方丈裏。他先出門兒外等著紅娘，深深
唱個喏道：「小生姓張，名珙，字君瑞，本貫西洛人也，年二十三歲，
正月十七日子時建生，並不曾娶妻。」姐姐，卻是誰問他來？他又
問：「那壁小娘子莫非鶯鶯小姐的侍妾乎？小姐常出來麼？」被紅娘
搶白了一頓呵回來了。姐姐，我不知了想甚麼哩，世上有這等傻角！
（旦笑云）紅娘，休對夫人說。（第一本第三折）

這裡有兩點值得我們注意：第一，紅娘對張生的話記得那麼清楚，基本是背
誦了下來，可見這位侍婢對那傻角的傻話還是很「上心」的。第二，小姐比丫
鬟更「上心」，聽了丫鬟一字不漏的轉述，她完全明白了「那人」的意思，先
是會心一笑，然後又生怕小丫鬟不懂事洩露給老母親，於是又交代一句：「休
對夫人說。」殊不知正是這句交代洩露了天機，一個女孩子內心的隱秘就此
暴露出來。

　　將以上兩點綜合在一起，我們可以輕而易舉地得出一個結論：張生的「強行灌輸法」真正起到了作用。他的情愫之花粉業已通過紅娘這蜂媒蝶使快速而高效地傳達給了愛情百花園中的另一朵鮮花。

　　這樣的傻帽，難道你能說他不聰明嗎？

　　更為有趣的是，這種聰明的傻帽居然還會傳宗接代。大約五百年後的一本小說作品中，有一位書生名叫田玉川，他在一位名叫胡鳳蓮的女子面前再次成功運用了張君瑞的「故技」，並且還帶有一定程度的創造性。

　　　　鳳蓮默思良久，曰：「此計雖好，小奴未知前去告狀准否？相公貴姓高名？何處人氏？」玉川曰：「我是山西太原府人氏。我名田玉川，我父田雲山現在此作知縣。我母曾氏誥命。我隨父任所。我也是上無兄下無弟，又無姊妹。論功名我是一秀士，又好武藝，十八般兵器件件皆通。小生今年一十七歲，還未定親子。」胡鳳蓮曰：「那個問你定親不定親？」玉川笑曰：「大姐不問小生，小生不得不說。請問大姐可曾許字否？」這一句只問的鳳蓮面紅過耳，低下頭，慢應一聲：「未曾有。」玉川聞言暗喜，以言挑之，曰：「大姐既未擇配，想咱二人到是一對。」鳳蓮忙問：「一對什麼？」玉川笑曰：「一對冤枉人。小生與你寫一張狀詞，到縣衙一告必準。」（《蝴蝶杯》第三回）

不用明眼人，眼拙之人也能看出：田玉川是張君瑞的「遺傳變異」。相同點是一樣的聰明，一樣的向女子強行灌輸自己的「隱私」，還有，就是對方也同樣反問了「誰問你」一類的話。所不同點則更多：第一，張君瑞是篤實的聰明，田玉川是油滑的賊智。第二，張君瑞是隔葉穿花，田玉川是戲花當面。第三，張君瑞是老老實實拋材料，田玉川是自吹自擂作推銷。第四，張君瑞碰上了狡黠而含蓄的冤家，田玉川則遇上了實誠而爽直的對象。總而言之，這兩段描寫雖然整體上各有千秋，但後者究竟不如前者那麼純淨自然。

　　然而，有誰能想到，上述兩位「聰明的傻帽」還有一位更為古老的老祖宗，那就是唐代詩人崔顥筆下的無名女子。且看她俏麗的聲口：「君家何處住？妾住在橫塘。停船暫借問，或恐是同鄉。」（《長干行》）

　　這位船家女子真是率先的開放，「聰明的傻帽」之先祖。行船之時，看見另一船上同樣行船的帥哥，居然開口就問「哥哥住哪裏？」未等對方回答，就搶著自報家門：「妹妹我住在橫塘。」隨即，又覺得自己的表現有點出人意

料，馬上掩飾：「不好意思，我覺得我們好像是同鄉哩！」全篇沒有一個「愛」字，而愛在其中；全篇沒有一個「情」字，而情意盎然。這就是清水出芙蓉一般的情詩，是三百篇嫡親的後裔。然而，這簡短而直白的詩句所表現的難道不正是這位船家女的貌似憨癡而實則狡黠嗎？

正是這一絲兒憨癡的狡黠，傳給了張君瑞，進而又傳給了田玉川，而後，變成了「聰明的傻帽」。

接下來的問題是：戲曲小說作品中「聰明的傻帽」與詩歌中「憨癡的狡黠」有何不同？或者說，戲曲小說作品寫這種聰明的傻帽有何獨特的審美意味？

答案異常簡單：為了增加作品的幽默感和喜劇性。

試想，如果一部描寫男女戀愛的作品寫得太正兒八經，而沒有男女間的調笑，那還有誰看？

進而言之，人類可以缺少男女之間的調笑嗎？

不能！

不然，為什麼會有「男女搭配，幹活不累」這一說呢？

連幹活都可以通過男女雙方的語言刺激而提高功效，更何況男女戀愛了。

更何況戲劇要秉承勾欄調笑之風，小說要營造書場幽默氣氛。

某種意義上，幽默就是一種智慧，就是一種聰明，就是一種靈氣。

作為一名戲劇或小說作品的作者，在寫到男女愛情的場面時，如果忽視對男女調笑的描寫，那他才是真正「傻帽」，一點靈氣都沒有的傻帽！

銀子與洋錢

　　研究中國古代小說中關於銀子的描寫，是一個很有趣味的事情。然而，晚清小說在這方面又呈現出新的特點：外國貨幣及其與中國貨幣關係的描寫。

　　為了說明問題，我們首先得弄清本節的標題：銀子與洋錢。銀子是中國古代常見的通貨，不用解釋。但是，對於什麼是「洋錢」，解釋起來可就有點麻煩了。好在清末著名小說作家陸士諤先生在他的一篇小說作品中，對此有簡明扼要的解釋：

> 上海通行的銀圓，總名叫做洋錢，一種墨西哥銀圓，就是鷹洋，又叫英洋；一種西班牙銀圓，就叫本洋；一種本國銀圓，叫做龍洋；再有日本舊銀圓，也叫龍洋。此外更有扯旗、馬劍各種名目，現在已不大有得看見了。（《新上海》第五十三回）

陸士諤是晚清的上海通，寫了很多關於大上海的小說，他的話應該是權威的。明白了這些，我們就可以對當時某些通貨的比值進行一點探究了。

　　我們先來看看「銅錢」和「本洋」相比，可是銅錢升值而本洋下滑：

> 向來到窯裏定貨，是講銅錢數的，及至付價時，付的是本洋。光緒八九年以前，每一元本洋要兌一千六百文，若是付貨價，可做到一千八；近來錢價一年比一年貴了，此時不過值到一千二光景，然而那些販客，卻還是作定了一千八。你想，窯戶哪裏吃虧得起，就只得把東西做粗了。因此之故，景德鎮的瓷器便一年不如一年了。（《上海遊驂錄》第五回）

這裡說的本洋，應該就是「西班牙銀圓」。在這種銅錢升值而本洋下滑的情況下，下層民眾對「洋錢」的使用可要特別謹慎。而謹慎的方式有的就是斤斤

計較和精打細算：

> 那主家闊的，手筆大的，送出來的車金就是兩塊洋錢。我雇來
> 的馬車，車價不過一塊二角，再添了兩角小洋錢的酒錢，照現在的
> 洋價，我還賺了七個角子五個銅兀呢（滬上稱當十銅元為『銅兀』，
> 『兀』，讀若板）。大馬路一壺春的早茶，又可以吃十天、八天的了。
> （《情變》第三回）

像這樣精打細算的生活，委實可以說是得過且過。但這些下層民眾中的幸運
者如果用心積攢的話，還是可以有所盈餘的。相對而言，「洋錢」比銀子還是
要好賺一些。你看下面這位給別人當僕人者，竟然也攢起了小小的家當：

> 復華道：「……我積蓄得外國金洋百餘元，藏在身邊，內地既無
> 可換，明日想送來姊姊這裡放著，姊夫要有正用，盡可託人到上海
> 去換了使用。大約合著本國洋錢，也有一千多呢！」（《黃繡球》第
> 八回）

這裡說的本國洋錢應該指的是「龍洋」，外國金洋與「龍洋」的比值居然是十
倍，那麼，中國的銀子與洋錢又是什麼樣的比值呢？

> 當下伯繩問紫旒道：「奉託的事怎樣了？」紫旒道：「我已經竭
> 力磋磨過了，大約七十五兩庫平銀子是不能再少的。以我的交情說
> 上去，他此刻應允照七十五兩規平就是了。」伯繩道：「大約一百元
> 光景吧？」紫旒道：「總不過一百零兩三元的樣子。洋錢折銀價，好
> 在是有市面的。」（《最近社會齷齪史》第二回）

原來七十五兩銀子可以折抵洋錢「一百零兩三元的樣子」。當然，這裡所說
的洋錢，並沒有明確是哪個國家的貨幣，而下面這段描寫可就講得清清楚
楚了：

> 這裡俄國政府，前年也曾想抽人頭稅，每人每月一盧布。（著
> 者按：一盧布照中國現在銀價約值一兩。）（《新中國未來記》第四
> 回）

梁啟超先生真是可愛，他在寫了俄國政府曾經想抽取人頭稅這樣的不良想法
之後，又生怕中國讀者弄不清一盧布究竟是多少，故而特意做了「著者按」。
這樣就一目了然了。

當然，人們的好奇心是永遠沒有滿足的。搞清楚一些中外貨幣的比值之
後，人們還想搞清楚另一個更為有趣的問題：不同的「外國」貨幣之間的比

值。幸運的是，晚清小說對這方面也有描寫：

> 那一個少年聽了也歎一口氣道：「以前李鴻章到美國去的時
> 候，住在一家客店裏頭。那客店的頭等客房一天要一百五十元美
> 金，合起墨西哥銀幣來，差不多要三百幾十塊錢。」（《九尾龜》第
> 一百四十二回）

此處所謂「墨西哥銀幣」，也就是陸士諤所言之「鷹洋，又叫英洋」。原來當
時「三百幾十塊」鷹洋只抵得上「一百五十元」美金，可見當時的美金相當
堅挺。

綜合以上列舉的片斷，我們在小說家們的幫助之下，終於弄清楚了很多
問題：國內不同貨幣的比值，中外某些貨幣的比值，某些外國與外國之間貨
幣的比值。

可見，從小說中不僅能讀出政治史、文化史、軍事史、宗教史、文學史，
還能讀出經濟史、貨幣史。

小說真不小！

（《稗史迷蹤》，中州古籍出版社，2012 年 6 月出版）